세상에서 가장 소중한 당신에게 보내는 따뜻한 응원

당신을 응원합니다

당신이 최고입니다

자랑스럽습니다

세상에서 가장 소중한 당신에게 보내는 따뜻한 응원

당신을 응원합니다
당신이 최고입니다
자랑스럽습니다

프롤로그

언젠가 내 책에 글귀를 적어서 지인에게 선물한 적이 있다. 내가 적은 글귀는 "당신을 응원합니다. 당신이 최고입니다. 자랑스럽습니다."였다. 세상에는 말보다 마음이 먼저 닿는 순간들이 있다. 어깨를 토닥이는 손길, 말없이 건네는 따뜻한 커피, 지나가는 인사를 기억해 주는 눈빛. 그런 순간은 짧지만 오래 남는다. 누구도 강요하지 않았고, 누구도 보지 않았지만, 그 온기가 누군가의 하루를 지켜낸다.

이 책은 그런 작은 다정함의 힘을 믿는 사람들을 위한 응원이다. 누군가의 곁이 되어준 당신, 말 한마디로 누군가를 일으켜 세운 당신, 자신보다 남을 먼저 생각한 당신. 이 책은 그런 당신을 위해 준비되었다. 때로는 누군가의 응원이 필요한 사람에게, 때로는 자신을 응원할 줄 아는 사람에게, 그리고 아직 다정해지는 법을 배우는 누군가에게 건네는 조용한 위로이다.

삶은 누구에게나 버거운 순간을 안긴다. 혼자서 감당하기 어려운 마음, 어디에도 말할 수 없는 시간, 조용히 멈춰 선 저녁. 그럴 때 누군가의 존재는 문장이 된다. "나는 네 곁에 있어." "그걸로 충분해." 아무 말도 하지 않아도, 그 존재만으로 힘이 되는 사람들. 우리는 모두 그런 사람을 원하고, 또 누군가에게 그런 존재가 되고 싶어 한다.

이 책은 사람과 사람 사이의 거리를 다시 생각하게 만든다. 선을 긋는 용기, 곁에 머무는 침묵, 기대지 않아도 느껴지는 신뢰. 그것이 진짜 관계의 언어이다. 모든 글은 누군가의 삶에 조용히 기대고 싶은 마음으로 쓰였다. 특별한 기술이 아니라, 조용한 다정함이 만들어낸 장면들이다.

누군가에게는 이 책이 위로의 시작이 되기를 바란다. 또 다른 누군가에게는 자기 안의 따뜻함을 다시 꺼내 보는 기회가 되기를 바란다. 읽는 이가 누구든, 이 책을 읽고 나서 마음속에 이런 말이 남기를 바란다.

"당신을 응원합니다. 당신이 최고입니다. 자랑스럽습니다."
이 책의 모든 글은 이 문장을 향해 나아간다.
그리고 마지막 책장을 덮을 때쯤,
당신의 마음속에도 그 말이 조용히 자리 잡기를 바란다.

장미꽃이 피기 전에 책을 완성할 수 있어서 기쁘다. 연로하신 부모님, 사랑하는 아내와 세 아이들, 오늘의 내가 있게 은혜를 베풀어 준 모든 이들에게 고마움을 전하고 싶다. 글을 쓸 수 있어서 행복했다. 글을 계속 쓸 생각에 가슴이 설렌다.

2025년 4월
서승종

목차

2 장. 당신이 최고입니다

3장. 당신이 자랑스럽습니다

4장. 당신은 소중한 존재입니다

5장. 당신이 있어서 참 다행입니다

1장 당신을 응원합니다

누군가의 곁이 되어준다는 것

인생은 누구나 흔들리는 순간으로 가득하다. 그럴 때 옆에 있어 주는 사람 한 명이 전부를 바꾼다. 도종환 시인은 말한다. 흔들리는 꽃들 속에서 비로소 피어나는 것이 있다고. 혼자 버텨야만 강한 것이 아니다. 함께 흔들리는 존재가 있다는 것, 그것이 곧 희망이다.

누군가를 위해 옆에 있어 주는 일은 거창할 필요가 없다. 단지 곁을 지켜주는 것, 말없이 같은 자리에 있어 주는 것, 그것만으로도 충분하다. 내 안의 고요한 힘을 나누는 순간, 우리는 서로를 붙잡아줄 수 있다. 그게 진짜 연대이고, 우정이다.

타인을 위해 무언가를 한다는 건, 결국 나를 위한 일이기도 하다. 누군가를 위로하면서 내 마음도 덜 흔들린다. 다정한 말 한마디, 따뜻한 눈빛 하나가 누군가의 버팀목이 된다. 우리가 매일 무의식적으로 건네는 그 마음들이, 결국 세상을 조금씩 살만하게 만든다.

세상은 혼자서 다 버텨야만 하는 곳이 아니다. 때로는 누군가의 곁이 되어주는 일이, 삶의 가장 위대한 일이 된다. 무력감 속에서도 작은 따뜻함을 나눌 수 있다면, 그것만으로 우리는 충분히 의미 있는 하루를 살아낸 것이다.

어깨를 내어주는 것도 용기다. 내 삶도 흔들리지만, 누군가를 안아줄 수 있는 여유를 가질 때, 우리는 조금 더 단단해진다. 그 단단함은 남을 누르기 위한 것이 아니라, 함께 서 있기 위한 힘이다. 그 힘이 우리를 사람답게 만든다.

연대는 선언이 아니다. 행동이고, 태도이고, 지속이다. 기댈 어깨가 있다는 것, 손을 뻗으면 닿을 곳에 누군가가 있다는 것, 그 단순한 사실이 누군가를 살린다. 나의 말과 시선과 마음이 누군가의 하루를 지탱한다.

함께 걷는다는 건 같은 속도로 걷는 게 아니다. 더디 간다면 기다려주고, 멈췄다면 손을 내미는 일이다. 그 모든 장면이 삶의 온기를 만든다. 우리는 그렇게 서로를 사람답게 만들어간다.

당신이 누군가의 곁에 있어 준 순간들이, 그 사람의 삶을 지켜주고 있었습니다.

어느새 누군가에게 위로가 되어 있었다

우리는 종종 내가 누구에게 도움이 되고 있는지 모른다. 그냥 지나쳤던 말 한마디, 별생각 없이 보낸 메시지 하나가 누군가의 하루를 살리기도 한다. 위로는 의도보다 진심에서 나온다.

김연수 작가는 ≪원더보이≫에서 말한다. "사람은 아무것도 하지 않아도, 존재만으로도 누군가에게 기적이 된다." 그 문장은 내가 존재하는 것만으로도 누군가에게 의미가 될 수 있다는 사실을 알려준다.

나는 때때로 스스로의 무력감을 느낀다. 내가 별로 쓸모없는 사람처럼 느껴지는 날도 있다. 하지만 어느 날 불쑥, "그때 고마웠어요."라는 말을 들었을 때, 나는 조금 달라진다. 내가 몰랐던 나의 힘이 있었다는 사실.

누군가에게 위로가 되었다는 건 거창한 일이 아니다. 마음을 다해 들어 주었거나, 그냥 옆에 있어 주었거나. 내가 한 일은 작았지만, 그 진심이 누군가에게 깊게 닿은 것이다. 그것이 사람 사이의 다정함이다.

나의 일상도 누군가에게 힘이 될 수 있다. 지금 이 순간도, 내가 모르고 지나가는 말과 행동 속에 누군가는 위안을 얻는다. 나의 존재가 누군가의 하루를 지켜주는 조용한 기둥이 될 수 있다.

사람은 자신이 생각하는 것보다 더 많은 의미를 누군가에게 건네고 있다. 그 사실을 잊지 않는 것만으로도 삶은 더 따뜻해진다. 위로는 멀리 있지 않다. 그저 존재로 전해질 수도 있다.

나는 이제 나를 쓸모없다고 단정하지 않기로 했다. 내가 오늘도 살아가고 있다는 것, 누군가의 옆에 조용히 머물고 있다는 것. 그 사실 하나만으로도 충분히 의미 있다.

내가 위로받는 것만큼, 누군가에게 위로가 될 수 있다는 믿음. 그 믿음은 나를 더 다정하게 만든다. 나는 어느새 누군가에게 따뜻한 마음이 되어 있었다.

당신은 생각보다 더 많은 사람에게 위안이 되는 존재입니다.

내가 머문 자리에 다정함이 남았으면 좋겠다

우리는 수많은 자리를 지나간다. 직장에서도, 관계에서도, 잠시 머물렀다가 떠난다. 오래 기억되는 사람은 말이 아니라 태도로 남는다. 무엇을 말했는가보다, 어떻게 머물렀는가가 중요하다.

≪꽃을 보듯 너를 본다≫에는 "당신의 다정함이 머물기를"이라는 구절이 있다. 그 한 줄이 마음에 오래 남았다. 언젠가 나도 누군가에게 그런 사람이 되고 싶었다. 말하지 않아도 온기를 남기는 사람.

다정함은 크게 드러나지 않는다. 조용히 문을 닫아주는 손길, 말없이 건네는 따뜻한 눈빛. 그런 것들이 더 깊이 기억된다. 다정함은 설명보다 여운이 길다.

누군가에게는 내가 하루의 휴식이었기를 바란다. 조용히 곁에 있어 주었던 기억으로 남기를. 바쁘고 지친 일상에서도 그런 마음 하나는 잊지 않으려 한다. 다정함은 타인을 위한 동시에 나를 지키는 방식이다.

말로 설명하지 않아도 전해지는 마음이 있다. 억지로 꾸미지 않아도 느껴지는 분위기가 있다. 나는 그걸 남기는 사람이 되고 싶다. 나와의 시간이 조용히 따뜻했기를 바란다.

사람은 누구나 흔적을 남긴다. 좋은 기억이든 아픈 감정이든, 관계 속엔 자취가 남는다. 나는 내가 머문 자리에 부드러운 마음이 남기를 바란다. 말보다 오래가는 건 결국 태도니까.

다정함은 선택이다. 바쁘고 지친 하루 속에서도 여전히 다정해지려는 마음, 그게 나를 사람답게 만든다. 그 마음이 모이면 결국 나의 삶이 된다. 내가 살아낸 방식이 누군가에게 위로가 되기를 바란다.

나는 많은 것을 해내지 않아도 좋다. 단지 누군가의 기억 속에서 따뜻한 사람으로 남을 수 있다면. 내가 머문 자리에 다정함 하나가 남았다면, 그걸로 충분하다. 오늘도 나는 그렇게 살아간다.

말보다 오래 남는 건, 당신이 머문 자리에 남긴 다정함입니다.

작은 친절이 큰 온기를 만든다

엘리베이터 문을 잠깐 잡아주는 일, 무심코 건네는 인사 한마디, 말없이 짐을 들어주는 손길. 이런 사소한 행동은 대단한 노력 없이도 실천할 수 있다. 하지만 그 작은 친절이 누군가에게는 뜻밖의 위로가 되곤 한다.

친절은 반드시 크거나 특별할 필요가 없다. 오히려 가볍게 스며드는 친절일수록 더 오래 남는다. 지친 하루 끝에 만난 따뜻한 말 한마디는, 밤새 마음을 덮어주는 담요처럼 조용히 작동한다. 작지만, 오래 기억되는 온기다.

우리는 모두 말하지 못하는 전쟁을 안고 살아간다. 겉으로는 아무렇지 않아 보여도, 마음에는 상처와 피로가 자리한다. 그때 건네지는 조용한 배려는 "당신을 봤어요"라는 다정한 신호가 된다. 그것만으로도 사람은 다시 숨을 쉴 수 있다.

친절은 타인을 위한 것 같지만, 결국 나 자신을 위한 일이기도 하다. 따뜻한 행동은 마음을 밝히고, 하루의 표정을 바꾼다. 설명하지 않아도 느껴지는 그 감정은, 나를 더 단단하고 부드러운 사람으로 만들어 준다.

한 사람의 친절은 또 다른 사람에게 이어진다. 그렇게 친절은 전염되고 퍼지며, 세상을 조금씩 더 부드럽게 만든다. 거창한 변화는 어려워도, 친절은 지금 이 자리에서도 가능하다. 오늘 실천할 수 있는 가장 작고 확실한 따뜻함이다.

친절은 기술이 아니라 태도다. 모든 순간에 친절할 수는 없지만, 친절해지려는 마음은 누구나 품을 수 있다. 다정한 눈빛, 말을 기다리는 여유, 조용한 공감. 이런 태도들이 쌓여 세상을 따뜻하게 만든다.

오늘 내가 스쳐 간 그 순간이 누군가에겐 위로였을 수 있다. 그래서 나는 조용히 친절한 마음을 준비한다. 말하지 않아도 전해지는 온기가, 누군가의 마음을 가만히 덮어줄 수 있기를 바란다.

크지 않아도 괜찮습니다, 당신의 친절은 누군가에게 큰 온기가 됩니다.

강물은 멈추지 않는다

삶이 제자리인 것 같을 때가 있다. 아무 일도 일어나지 않고, 아무것도 바뀌지 않는 것처럼 느껴지는 시간들. 그러나 그 순간에도 우리 안에서는 무엇인가가 조용히 움직이고 있다. 마치 멈춰 있는 듯 보이는 강물이 실은 끊임없이 흐르고 있는 것처럼.

강물은 흐르되, 조급하지 않다. 길이 막히면 돌아가고, 속도가 느려지면 그만큼 풍경에 더 오래 머문다. 우리의 삶도 그렇게 흘러간다. 크고 눈에 띄는 변화만이 회복이 아니다. 때로는 버텨내는 시간이 가장 중요한 성장의 시간이다.

의미 있는 삶이란 특별한 일을 하는 것이 아니라, 흔들려도 멈추지 않는데 있다. 실패한 날에도, 답이 보이지 않는 순간에도 그저 조금씩 흘러가는 것. 나아가지 않아도 괜찮다. 그냥 흘러 있기만 해도 우리는 충분히 잘하고 있다.

자기 자신을 너무 몰아붙이지 말자. 느리게 흐르는 시간 속에서 나를 다시 알아가는 여정도 있다. 그 시간은 허비된 게 아니다. 그 기다림이 나를 다져주고, 언젠가 다시 시작할 수 있는 토대를 만들어준다.

흐름이 막힌 것처럼 느껴질 땐, 바닥에서 다시 솟는 샘을 떠올리자. 강물은 보이지 않는 곳에서도 계속 흐르고 있다. 우리의 내면도 마찬가지다. 멈춘 것 같은 지금 이 순간에도, 우리는 회복을 향해 나아가는 중이다.

의미란 결과로 완성되는 게 아니다. 조용히 이어가는 걸음 속에서 발견되는 것이다. 누구에게도 보이지 않는 노력, 입 밖에 내지 못한 다짐, 스스로만 아는 참는 시간들. 그것들이 쌓여 진짜 회복이 된다.

우리는 흐르는 사람이다. 아무리 힘들어도 어딘가로 향하고 있다. 그 길이 보여서 가는 것이 아니라, 믿기 때문에 가는 것이다. 삶은 강물처럼, 우리가 의식하지 못한 사이에도 계속 나아간다.

지금 당신이 흐르는 그 방향은, 당신을 회복으로 이끌고 있었습니다.

내가 나에게 다정할 수 있다면

우리는 자주 스스로에게 너무 가혹하다. 작은 실수에도 자책하고, 타인의 기준에 나를 맞추려 애쓴다. ≪나를 돌보지 않는 나에게≫는 그런 우리에게 조용히 묻는다. "당신은 오늘, 자신에게 어떤 말을 건넸나요?" 내 삶의 시작은 늘 나 자신을 대하는 태도에서 비롯된다.

자기 돌봄은 사치가 아니다. 지금 이 순간 나의 감정에 귀 기울이는 것, 나를 몰아세우는 대신 다독여주는 것, 그 작고 조용한 태도가 나를 지켜낸다. 자존감은 남이 나를 어떻게 보는가가 아니라, 내가 나를 얼마나 인정하느냐에 달려 있다.

회복은 외부에서 오는 게 아니다. 가장 먼저, 가장 가까이 있는 내가 나를 안아줄 때 비로소 시작된다. 바쁜 하루 속에서 스스로에게 "수고했어"라고 말하는 순간, 마음은 다시 제 자리를 찾는다. 회복은 그렇게 사소한 다정함에서 시작된다.

자신을 돌보는 사람은 삶을 대하는 방식이 다르다. 무언가를 해내야만 존재 가치가 있는 것이 아니라, 존재 그 자체로 의미 있다는 믿음이 생긴다. 그 믿음은 삶을 흔들리지 않게 붙들어주는 내면의 뿌리가 된다.

우리는 타인에게는 쉽게 다정하면서, 정작 나에게는 인색하다. 하지만 내가 나를 아껴주지 않으면 아무도 대신해 줄 수 없다. 내 감정을 무시하지 말고, 내 속도를 존중하며, 나를 향한 다정한 말을 아끼지 않아야 한다.

자존감은 완벽한 내가 아니라, 불완전한 나를 받아들이는 데서 자란다. 부족함을 탓하기보다, 그런데도 살아가는 나를 인정하는 것. 그것이 나를 살리는 힘이다. 그 힘이 있기에 우리는 다시 시작할 수 있다.

의미 있는 삶은 거창한 목표보다 지금의 나를 사랑할 줄 아는 일에서 시작된다. 남이 아니라 내가, 나를 괜찮다고 말해주는 삶. 그 마음이 결국 나를 지켜주고, 또 다른 하루를 살아가게 한다.

당신이 오늘 자신에게 건넨 그 따뜻한 말 한마디가, 당신의 삶을 조용히 회복시키고 있었습니다.

누군가의 손길로

《원더》 속 어기는 선천적 안면기형으로 태어난 아이였다. 외모로 인해 따돌림을 받고, 사람들 앞에 서는 일조차 고통스러워했다. 하지만 그를 향한 따뜻한 시선과 우정은 어기를 조금씩 변화시킨다. 다름은 틀림이 아니며, 사랑은 생각보다 가까이에 있다는 걸 보여주는 이야기다.

우리는 때때로 깊은 외로움을 느낀다. 누구도 내 마음을 모를 것 같고, 이 감정을 이해해 줄 사람도 없을 것 같다. 하지만 사실 대부분의 사람들은 말없이 비슷한 외로움을 품고 살아간다. 누구나 조금씩 아프고 흔들리며, 그래서 서로의 존재가 필요하다.

누군가의 손길이 삶을 바꿔놓기도 한다. 사소한 말 한마디, 함께 있어 주는 침묵, 이유 없는 안부. 그런 순간들이 마음의 균형을 회복시킨다. 마음을 알아차릴 줄 아는 사람이 결국 더 단단한 관계를 만든다.

《원더》는 말한다. "친절하세요. 당신이 만나는 모든 사람은 보이지 않는 싸움을 하고 있습니다." 나도 그렇고, 당신도 그럴지 모른다. 그래서 우리는 서로를 향해 조금 더 다정해질 수 있어야 한다. 세상은 그런 연결로 덜 외로워진다.

외로움은 강한 감정이다. 하지만 진짜 혼자인 경우는 드물다. 보이지 않는 곳에서 나를 떠올리는 사람, 닿을 수 없지만 마음을 보내는 사람이 있다. 외로움은 때때로 착각일 수 있다.

힘이 들 때일수록 연결을 떠올리자. 내가 받은 작은 친절, 우연처럼 도착한 안부, 한참 만에 도착한 연락. 그 모든 기억이 내가 혼자가 아님을 증명한다. 우리는 언제나 누군가의 하루에 조용히 기대며 살아간다.

오늘도 어딘가에서 누군가를 응원하는 당신, 이미 그 존재만으로도 누군가의 희망이 되고 있다. 혼자라고 느껴질수록 더 많이 연결되어 있다는 걸 믿어야 한다. 우리는 그렇게 서로를 지켜내며 살아간다.

당신이 외롭다고 느끼는 지금 이 순간에도, 누군가는 조용히 당신을 떠올리고 있습니다.

두려워도 괜찮아, 그건 시작의 증거니까

용기 있는 사람은 겁이 없는 사람이 아니다. 두려움을 느끼면서도 앞으로 나아가는 사람이다. 브레네 브라운은 말한다. "두려움을 인정할 수 있을 때, 비로소 우리는 진짜 용기를 낼 수 있다." 두려움은 약점이 아니라, 움직이려는 마음의 증거다.

새로운 시작 앞에서 떨리는 건 당연하다. 실패할까 봐, 상처받을까 봐 우리는 망설인다. 하지만 그 떨림 속에 이미 가능성이 들어 있다. 아무 감정도 없다면, 그건 진심이 아니라는 뜻이다. 두려움은 내가 진짜 원하는 무언가를 앞에 두고 있다는 신호다.

실패는 두려움의 증거가 아니다. 오히려 시도했다는 증거다. 완벽하지 않아도 괜찮다. 흔들리면서도 계속 가는 사람, 넘어져도 다시 일어나는 사람, 그 사람이 결국 가장 멀리 간다. 그게 진짜 성장이고, 자신감을 만드는 과정이다.

자신감은 두려움을 없애는 게 아니라, 그 두려움을 안고도 가는 연습에서 생긴다. 오늘의 용기가 부족하다고 느껴질 때는, 내가 얼마나 간절한지를 돌아보자. 그 간절함이 나를 다시 일으켜 세운다. 희망은 그 간절함 위에 쌓인다.

두려움은 삶을 진지하게 대하고 있다는 증거다. 아무것도 느끼지 않는 사람은 아무것도 바꾸지 못한다. 마음이 떨릴수록, 그 선택은 내게 중요한 것이다. 그러니 떨림은 결코 부끄러움이 아니라 자랑이 될 수 있다.

살면서 정말 두려운 순간은 많다. 하지만 지나고 나면 안다. "그때 용기 내길 잘했다"라고. 그 한 걸음이, 그 작은 선택이 내 삶의 결을 완전히 바꾸어 놓았다는 걸. 용기는 그렇게 삶을 바꾸는 작은 불씨다.

어떤 두려움은 끝까지 사라지지 않는다. 하지만 우리는 그걸 데리고도 앞으로 나아간다. 완벽한 사람은 없다. 다만 끝까지 포기하지 않는 사람이 있을 뿐이다. 오늘 그 두려움과 함께 한 걸음 내디딘 당신이 바로 그런 사람이다.

당신이 두려움을 안고도 걸어간 그 걸음이, 오늘의 변화를 만들어내고 있었습니다.

선을 그어야 가까워질 수 있는 사람도 있다

가까운 관계일수록 상처가 쉽게 생긴다. 말투 하나, 표정 하나가 마음에 오래 남는다. 좋은 사이였던 만큼 실망도 커지고, 기대가 무너지면 감정은 엉킨다. 그래서 가까움에는 조심스러움이 필요하다.

우리는 자주 '가까운 사이니까'라는 말로 모든 걸 허용한다. 그러나 진짜 가까운 사이일수록 선이 필요하다. 그 선은 벽이 아니라 다리를 만든다. 경계는 단절이 아니라 존중의 출발점이다.

알랭 드 보통은 말했다. "좋은 관계는 경계에서 시작된다." 나를 지키며 상대를 받아들이는 균형이 중요하다. 다 퍼주지 않아도, 다 끌어안지 않아도 괜찮다. 감정에도 숨 쉴 틈이 필요하다.

거리를 둔다는 건 관계를 포기하는 게 아니다. 오히려 그 거리가 관계를 더 오래가게 만든다. 이해받기 위해선 때로는 말 대신 멈춤이 필요하다. 그건 지혜이자 배려다.

자꾸만 마음이 닿지 않는 관계는 나를 힘들게 한다. 그럴 땐 멀어지는 것도 용기다. 선을 긋는 일은 단절이 아니라 회복의 시작이다. 나를 잃지 않기 위해 꼭 필요한 선택이다.

서로의 경계를 존중할 줄 아는 관계는 건강하다. 불필요한 오해를 줄이고 감정의 균형을 맞출 수 있다. 다정함도 그곳에서 비롯된다. 진짜 다정한 사람은, 나의 경계를 먼저 알아보는 사람이다.

가끔은 말보다 한 걸음 물러서는 태도가 더 깊은 대화가 된다. 가까워지고 싶다면, 멀어질 줄도 알아야 한다. 그런 사람은 관계 속에서도 자기 자신을 지킬 수 있다. 그리고 그런 관계는 오래간다.

모든 관계가 다 소중할 필요는 없다. 하지만 내가 나로 존재할 수 있는 관계는 꼭 필요하다. 선을 긋는 건 차가움이 아니라, 연결을 위한 선택일 수 있다. 나는 이제 그 선을 배우고 있다.

경계는 차가움이 아니라 존중입니다. 지키는 만큼 우리는 더 오래 가까울 수 있습니다.

예전의 나를 이제는 놓아주기로 했다

우리는 종종 과거에 머문다. 이미 지나간 일, 지나간 감정, 지나간 내가 자꾸만 떠오른다. 그 시절의 나는 아팠고, 미숙했고, 후회도 많았다. 그래서 더 자주 돌아보게 된다.

영화 ≪이터널 선샤인≫에는 이런 대사가 나온다. "기억을 지운다고 해서 사랑이 사라지는 건 아니야." 그 말은 곧, 아픔을 없애는 것이 아니라 받아들이는 것에서 회복이 시작된다는 뜻이다. 과거는 잊는 게 아니라 흘려보내는 것이다.

지금의 나는 예전보다 단단해졌지만, 여전히 예전의 나를 껴안고 산다. 그 기억들이 나를 만들었기에 애틋하고, 동시에 아프다. 그러나 이제는 그때의 나를 놓아줄 시간이다. 더 이상 붙들지 않고, 인사하고 보내주려 한다.

놓아준다는 건 버리는 게 아니다. 그 감정이 있었음을 인정하고, 더 이상 현재를 방해하지 않게 하는 일이다. 과거의 나도 나였고, 지금의 나도 나다. 나는 그 연결 위에서 새로 살아가고 있다.

어떤 기억은 너무 선명해서 흐려지지 않는다. 하지만 그 감정을 껴안은 채 걸어갈 수는 있다. 더 이상 그 기억에 머물지 않고, 그 기억을 품은 나로 살아갈 수 있다. 그것이 성장이다.

예전의 내가 나를 괴롭힐 때, 나는 말해준다. "그때의 너도 애썼어. 그리고 이제는 괜찮아." 그 말 한마디가 나를 한 걸음 앞으로 이끈다. 그걸 말해줄 사람은 결국 나뿐이다.

나는 이제 오늘의 나를 선택한다. 완벽하지 않지만, 지금 이 모습 그대로를. 예전의 나를 떠나보낸 자리에, 새로운 내가 자라고 있다. 그 성장은 조용하지만 분명하다.

변화는 늘 놓아주는 데서 시작된다. 움켜쥐기보다 흘려보낼 수 있을 때, 삶은 다시 흐른다. 나는 이제 예전의 나에게 작별을 고한다. "고마웠어. 그리고 안녕."

그때의 당신도 괜찮았고, 지금의 당신도 충분히 괜찮습니다.

지금 여기에 머무는 연습을 한다

생각이 많아질수록 몸은 점점 더 조용해진다. 머리는 복잡한데 몸은 굳어 있고, 마음은 어지러운데 숨은 얕아진다. 그럴수록 지금 이 순간을 살아가는 일은 멀어져 간다.

에크하르트 톨레는 말한다. "지금 이 순간 너는 충분하다." 그 말은 복잡한 해답보다 더 명료했다. 미래에 도달하지 않아도, 과거를 정리하지 않아도, 지금 여기에 내가 있다는 것만으로도 괜찮다는 뜻이었다.

생각을 멈추기보다, 감각을 열어두는 연습이 필요하다. 지금 숨을 들이쉬고 있다는 사실, 발바닥이 바닥을 딛고 있다는 느낌, 햇살이 살짝 닿는 온기. 그런 감각들이 나를 이 순간으로 데려온다.

머릿속 소음은 작아지지 않아도 괜찮다. 그 소음 속에서도 나는 지금 여기에 있을 수 있다. 조용히 숨을 들이쉬고, 눈을 감고, 내가 살아 있다는 사실을 다시 느끼는 것. 그것이 회복이다.

우리는 너무 자주 머릿속에서만 살아간다. 계획하고 분석하고 후회하느라, 지금의 감각을 놓친다. 하지만 진짜 삶은 생각이 아니라 감각 속에 있다. 삶은 지금 이 자리에서만 느낄 수 있다.

나는 이제 자주 멈춰 서기로 했다. 걷다가 하늘을 올려다보고, 바람을 한 번 더 느껴보는 일. 그 짧은 순간이 나를 중심으로 되돌려놓는다. 머리에서 마음으로, 마음에서 몸으로 돌아오는 길.

지금 여기의 나는 조용하지만 분명히 살아 있다. 아무것도 하지 않아도, 무언가를 증명하지 않아도, 충분한 존재다. 그걸 느끼는 감각만으로도 삶은 따뜻해진다.

지금 이 순간에 머무는 일. 그것은 가장 단순하면서도, 가장 어렵고 소중한 연습이다. 나는 오늘도 그 연습을 이어간다.

지금 이 순간의 당신, 그 자체로 이미 충분한 존재입니다.

묻지 않고 곁에 있어주는 사람

힘들 때일수록 말수가 줄어든다. 감정을 설명하기도 싫고, 무언가를 털어놓는 일도 버겁다. 그런 순간, 아무 말 없이 조용히 옆에 있어주는 사람이 가장 큰 위로가 된다. 말 없는 곁이 마음을 붙든다.

≪리틀 포레스트≫의 주인공은 도시를 떠나 고요한 마을로 돌아온다. 말 없이 차려진 식사, 묵묵히 건네는 음식 한 접시. 그 안에서 주인공은 다시 살아갈 힘을 얻는다. 위로는 늘 말 너머에 있었다.

우리는 종종 누군가의 아픔을 이해하려 한다. 이유를 알아야 도울 수 있다고 믿는다. 하지만 때로는 묻지 않는 배려가 더 깊은 공감이 된다. 말보다 존재가 먼저 닿을 때가 있다.

묻지 않는다는 건 무관심이 아니다. 설명하지 않아도 믿는다는 뜻이고, 조용히 곁에 있겠다는 약속이다. 그런 존재가 곁에 있을 때 사람은 무너지지 않는다. 신뢰는 말보다 조용한 자세로 완성된다.

힘들 때 듣고 싶은 말은 "괜찮아?"가 아닐 수도 있다. 대신 "같이 있어줄게"라는 눈빛 하나가 더 큰 위로가 된다. 말없이 머물러 준 사람은 쉽게 잊히지 않는다. 그 다정한 묵음은 오래도록 남는다.

나도 그런 사람이 되고 싶다. 위로하려 애쓰기보다, 그냥 옆에 있어주는 사람. 조언보다는 온기, 설명보다는 공감으로 남는 사람. 그런 마음을 전하는 사람이 되고 싶다.

누군가의 마음을 지키는 데 정답은 없다. 다만 무너지지 않도록 곁에 있어주는 것, 그 자체가 가장 큰 사랑이다. 말이 필요 없는 순간에도 함께할 수 있는 관계는 삶에서 가장 단단한 힘이 된다.

말없이 건네는 온기, 묻지 않고 바라봐주는 시선. 그 안에 담긴 마음이 나를 살렸다. 오늘도 그런 사람이 있었다면, 내일은 조금 덜 외로울 수 있다. 그래서 나는 오늘도 조용히 곁에 머문다.

묻지 않아도 괜찮습니다, 그저 곁에 있어주는 마음이 가장 큰 위로가 됩니다.

내가 건넨 말이 누군가의 하루를 살렸다

우리가 무심코 건넨 말 한마디가 누군가에게는 하루를 버티게 해준다. 다큐멘터리 ≪세상 끝의 집≫에는 삶을 포기하려던 순간, "그냥 차 한 잔 하실래요?"라는 말 한마디에 발걸음을 돌린 이의 이야기가 나온다. 어떤 말은 정말로 사람을 살린다.

사랑은 꼭 큰 행동이어야 하는 건 아니다. 우정도 마찬가지다. 조언이 아니어도, 해결책이 아니어도, 그저 그 사람을 향한 한 문장이면 충분할 때가 있다. "오늘 괜찮아 보여서 다행이야." "네가 있어서 좋아." 이런 말들이 어둠 속에서 등불이 된다.

우리는 종종 그 힘을 잊는다. 내 말이 얼마나 멀리 닿는지를, 그 따뜻함이 어떻게 퍼지는지를 모른다. 말은 사라지는 것 같지만, 마음에는 남는다. 기억 속을 오래 머물며, 때로는 결정적인 순간에 삶을 지켜주는 힘이 된다.

연대는 거창한 행동이 아니라, 매일의 말 속에 숨어 있다. 힘든 사람에게

"힘내"라는 말 대신 "내가 여기 있어"라고 말해줄 수 있는 사람, 그 사람이 진짜 친구이고, 사랑이고, 인간이다. 말은 마음을 연결하는 다리다.

타인을 바꾸려 하지 않아도 된다. 그저 진심을 담아 말하는 것으로 충분하다. 진심은 반드시 전해진다. 마음에서 나온 말은 마음에 닿는다. 그리고 그 말은 누군가의 오늘을 바꾸고, 내일을 지탱하게 해준다.

어떤 하루는 견디기만 해도 벅차다. 그런 날에 들은 따뜻한 말은 평생 잊히지 않는다. 그 말이 있었기에, 누군가는 삶을 계속할 수 있었다. 그러니 우리가 주고받는 말들은 언제나 조심스럽고 다정해야 한다.

사랑한다는 말, 고맙다는 말, 미안하다는 말, 그리고 아무 이유 없이 "보고 싶다"라는 말. 그런 말들이 세상을 지킨다. 말에는 마음이 있고, 그 마음이 결국 사람을 살린다. 나의 말은 누군가의 생명줄이 될 수 있다.

당신이 건넨 말 한마디가, 누군가의 가장 어두운 시간을 환하게 밝혔습니다.

당신은 혼자가 아닙니다

살다 보면 누구에게도 털어놓을 수 없는 시간이 온다. 겉으로는 웃지만, 속에서는 말하지 못한 진심이 차오른다. 외로움은 천천히 마음을 덮고, 이 세상에 나 혼자만 낙오한 것 같은 감정이 스민다. 그럴 때 사람은 더 깊이 움츠러든다.

하지만 진심은 멀리 가지 않아도 전해질 수 있다. 영화 ≪원더≫ 속 소년은 얼굴의 흉터로 인해 외면받지만, 결국 친구들의 마음이 그에게 닿는다. 우리는 완전히 같을 수 없지만, 서로의 다름 덕분에 더 깊이 연결된다. 공감은 이해보다 곁에 머무는 데서 시작된다.

곁에 있다는 건 말을 많이 해주는 일이 아니다. 말없이 건네는 커피 한 잔, 침묵 속의 동행, 가만히 옆에 앉아 있는 시간. 그런 순간이 오히려 가장 큰 위로가 된다. 사람은 말보다 온기에 더 오래 머문다.

때론 나조차 나를 이해하지 못하는데, 누군가가 나를 알아줄 수 있을까 싶은 날도 있다. 그런데도 누군가는 내 편이 되어준다. 무너질 때마다 말

없이 등을 두드려주는 사람, 이유 없이 "괜찮아"라고 말해주는 사람. 그 존재가 삶을 붙잡아준다.

우리는 서로의 기대가 되어 살아간다. 내 무심한 말이 누군가에겐 큰 위로였던 날도 있고, 나도 누군가의 짧은 메시지 하나로 하루를 견뎠다. 그렇게 우리는 서로의 마음에 작은 불빛이 된다.

혼자라고 느껴질수록 마음의 문은 닫히기 쉽다. 하지만 그 문을 아주 조금만 열면, 따뜻한 마음이 조용히 스며든다. 그 온기가 마음을 데우고, 다시 걸을 힘이 된다. 외로움은 닫혀 있지만, 따뜻함은 열린다.

진심은 눈에 보이지 않아도 느껴진다. 말하지 않아도 전해지는 마음이 있고, 그 마음이 사람을 살게 한다. 혼자라는 감정은 깊지만, 곁에 있는 누군가의 존재는 그보다 더 오래 남는다.

당신이 지금은 느끼지 못해도 괜찮습니다, 당신은 결코 혼자가 아닙니다.

지금 느리게 간다면, 그건 당신의 속도입니다

주변은 늘 바쁘게 돌아가고, 세상은 속도를 재촉한다. 하지만 모든 것이 빠르다고 해서 좋은 건 아니다. ≪느리게 산다는 것의 의미≫는 말한다. "느림은 삶을 잃지 않으려는 가장 적극적인 선택이다." 속도가 아니라 방향이 중요하다는 이야기다.

느리게 간다는 건 멈춘다는 뜻이 아니다. 나만의 리듬을 따라가겠다는 선택이다. 남들과 비교하지 않고, 내 삶의 속도를 지키는 것. 그것이 오히려 가장 단단하고 오래가는 길이 될 수 있다. 조급한 마음은 삶을 힘들게 하고, 기다림은 삶을 깊게 한다.

회복은 언제나 느린 과정을 통해 이루어진다. 빠르게 해결되는 위로는 오래가지 않는다. 느린 시간 속에서 마음은 제 자리를 찾고, 감정은 스스로 정리된다. 조용히 기다릴 줄 아는 사람만이 진짜 회복에 도달할 수 있다.

희망도 기다림 속에서 자란다. 지금은 아무것도 보이지 않아도, 천천히 걸어가는 그 길 위에 빛이 있다. 그 빛은 어느 날 갑자기 찾아오지 않는다. 아주 작고 조용하게, 내가 멈추지 않았다는 사실을 알아채는 순간 찾아온다.

느림은 세상과 거리를 두는 용기다. 모두가 달리는 사이 잠시 걸어가는 사람, 그 사람만이 길가에 핀 꽃을 본다. 삶의 진짜 아름다움은 늘 그렇게 천천히 가는 사람들에게 먼저 손을 내민다.

우리는 너무 자주 자신을 채근하며 살아간다. 하지만 나를 위한 가장 다정한 말은 "그렇게 해도 괜찮아."일지도 모른다. 지금 느리게 가고 있다면, 그것은 내 마음이 견딜 수 있는 속도라는 뜻이다. 그 속도 안에서 나는 살아남는다.

삶은 결승선이 없다. 누구보다 더 빨리 가는 게 목적이 아니라, 나답게 가는 게 중요하다. 남들보다 늦어도, 잠시 멈춰도 괜찮다. 나는 나의 리듬으로, 오늘도 살아가고 있으니까.

지금 당신이 걷고 있는 그 느린 속도가, 당신의 삶을 가장 단단하게 지켜주고 있었습니다.

2장 당신이 최고입니다

고요함 속에서 나를 만난다

세상이 조용해질 때, 비로소 내 안의 소리가 들린다. 음악도 멎고, 대화도 멈춘 순간. 익숙하지 않지만 낯설게 편안한 그 고요함 속에서 나는 내 안의 나와 마주하게 된다. 그건 외로움이 아니라 귀한 침묵의 시간이다.

우리는 늘 바쁘게 움직인다. 해야 할 일과 채워야 할 자리로 가득한 하루. 그렇게 소음 속에 떠밀리다 보면 정작 중요한 내 목소리는 들리지 않는다. 고요함은 그 소음을 밀어내고 나를 중심으로 다시 데려오는 공간이 된다.

침묵은 때때로 불편하게 다가온다. 하지만 그 불편을 견디면, 그 안에서 눌러 두었던 감정들이 하나씩 떠오른다. 외면했던 피로와 슬픔, 미뤄 둔 질문들이 조용히 모습을 드러낸다. 멈춤은 후퇴가 아니라 더 깊은 나로 들어가는 길이다.

고요함 속에서는 괜찮은 척하지 않아도 된다. 아무도 보지 않기에 오히려 더 솔직해진다. 감정을 숨기지 않아도 되는 시간, 그것이야말로 내면을 정리하고 회복하는 시간이다. 그 안엔 어떤 말보다 깊은 평화가 있다.

진짜 나를 만나기 위해선 혼자 있는 연습이 필요하다. 아무것도 하지 않아도 낯설지 않은 상태. 고요함을 피하지 않을수록 마음은 단단해지고, 생각은 또렷해진다. 흔들림 없는 자존감은 그렇게 길러진다.

고요함은 멈춤이 아니라 준비다. 마치 새벽이 오기 전의 정적처럼, 그 시간 안에서는 보이지 않는 변화가 자란다. 더 깊은 삶을 위한 여백이기도 하다. 그 침묵을 온전히 누리는 사람만이 다시 걸어갈 힘을 얻는다.

나는 이제 고요함을 두려워하지 않는다. 침묵 속에서 진짜 나를 만나고, 나의 감정을 이해하며, 나를 받아들일 수 있게 되었다. 시끄러운 세상 속에서도 내 마음 한가운데 고요함이 있다면, 나는 흔들리지 않는다.

조용한 시간 속에서 마주한 당신, 그 모습이 가장 진짜입니다.

고요한 마음은 삶을 밝힌다

세상이 시끄러울수록 마음은 안으로 숨는다. ≪고요할수록 밝아지는 것들≫에서 시인은 말한다. "깊은 고요 속에서만 들리는 것들이 있다"라고. 우리가 자주 잊는 건, 진짜 중요한 것들은 언제나 조용하다는 사실이다.

내면 성찰은 늘 고요하게 찾아온다. 바쁘고 요란한 삶 속에서, 어느 순간 불쑥 고요가 마음을 두드릴 때가 있다. 그 순간을 피하지 않고 마주할 수 있다면, 우리는 삶의 결을 조금씩 다시 잡아가기 시작한다.

자기 돌봄은 말 없는 시간에서 비롯된다. 아무도 묻지 않고, 나도 설명하지 않아도 되는 시간. 그 시간에 귀 기울일 수 있을 때, 비로소 진짜 쉼이 찾아온다. 침묵은 때로 가장 친절한 언어가 된다.

의미 있는 삶은 큰 목소리보다 깊은 고요에서 비롯된다. 화려한 성취보다도, 조용히 나를 지키며 살아낸 날들이 결국 삶을 단단하게 만든다. 고요는 텅 빈 상태가 아니라, 삶을 가장 또렷하게 느끼게 해주는 맑은 틀이다.

회복은 말이 아니라 체온으로 다가온다. 조용한 밤, 커피잔을 쥔 손끝의 따뜻함. 누군가의 말 없는 안부. 내 안에서 다시 살아나고 있다는 조용한 감각. 그 모든 것들이 회복의 신호다.

고요는 외롭지 않다. 오히려 가장 나다운 순간이다. 그 고요 속에서 우리는 삶이 왜 계속되어야 하는지를 문득 깨닫게 된다. 아무 일도 없던 날이 사실은 가장 충만했던 날이라는 걸, 고요 속에서 알게 된다.

세상은 늘 바쁘게 움직이지만, 나를 바꿔주는 건 언제나 멈춰 있는 순간이다. 아무 말도 없던 하루가 마음을 정리해 주고, 조용히 살아낸 시간이 나를 깊어지게 만든다. 고요는 그렇게 삶을 맑게 한다.

당신이 오늘 마주한 그 고요한 마음이, 삶을 다시 환하게 비추고 있었습니다.

다시 해가 뜨는 이유는 살아 있기 때문입니다

해는 매일 같은 자리에서 뜨지만, 우리가 그 의미를 느끼는 순간은 다르다. 어떤 날은 새로운 하루가 버겁게 느껴지고, 어떤 날은 그저 숨을 쉬는 것조차 힘겹게 다가온다. 하지만 그런 날에도 해는 여전히 떠오른다. 그건 당신이 여전히 존재하고 있기 때문이다.

희망은 거대한 변화에서 오는 것이 아니다. 어두운 밤이 지나고 해가 뜬다는 아주 단순한 사실, 그 반복 속에 깃든 신호에서 비롯된다. 살아 있다는 것, 오늘도 다시 시작할 수 있다는 것. 그 자체가 가장 깊은 희망이다.

용기는 때로 거창한 결단이 아니라, 다시 아침을 맞는 데 있다. 자고 일어나기 싫은 날에도 눈을 뜨고, 피로한 몸을 일으켜 문을 여는 그 일상적인 행동 속에 가장 위대한 용기가 숨어 있다. 해 뜨는 시간을 마주한다는 것, 그것만으로도 삶을 이어가는 힘이다.

의미 있는 삶은 대단한 업적보다, 해 뜨는 아침마다 나를 다시 선택하는 데서 시작된다. 오늘 하루도 살아보겠다는 다짐, 어제보다 조금 더 나아가보겠다는 의지. 그런 마음이 쌓여 결국 삶의 방향을 만든다.

회복은 시간을 들여 이루어진다. 어둠이 걷히고 밝아지는 그 자연의 리듬처럼, 우리의 마음도 천천히 빛을 되찾는다. 해가 뜨는 장면을 바라볼 수 있다면, 그 하루는 이미 절반쯤 회복된 것이다.

우리는 계속 살아간다. 그리고 해는 그 삶을 견뎌낸 사람들에게 보상을 주듯, 매일 새롭게 떠오른다. 어제의 나와 오늘의 나 사이에는 보이지 않는 시간이 있고, 그 시간을 지나온 존재에게 아침은 절대 똑같지 않다.

때로는 해가 뜨는 게 고맙고, 때로는 미안하다. 그래도 해는 말없이 떠오른다. 그것은 용서이고, 시작이고, 다시 살아보라는 자연의 인사이기도 하다.

당신이 오늘도 해를 맞이한 그 사실이, 삶을 다시 이어가게 하는 가장 큰 이유였습니다.

다시 일어날 수 없을까봐 두렵습니다

살면서 넘어지는 순간은 피할 수 없다. 실수, 후회, 좌절은 누구에게나 있다. 넬슨 만델라는 말한다. "삶의 가장 큰 영광은 넘어지지 않는 데 있는 것이 아니라, 넘어질 때마다 다시 일어나는 데 있다." 그 말은 실패보다 회복의 중요함을 일깨운다.

용기란 완벽한 걸음이 아니라, 다시 걸어보는 결심이다. 무너지지 않으려고 애쓰는 것이 아니라, 무너졌을 때 자신을 스스로 다시 일으켜 세울 힘. 그 힘은 남에게서 오지 않고, 오직 나의 내면에서 자란다.

실패는 끝이 아니다. 오히려 실패한 자리에서 다시 시작할 수 있다는 것이 가장 값진 성장이다. 그 성장 속에서 우리는 자신감이라는 단단한 뿌리를 얻게 된다. "그래도 나는 다시 해볼 수 있어." 이 한마디가 다시 삶을 이끈다.

희망은 앞으로 나아가는 걸음에만 있는 것이 아니다. 멈췄다가 다시 나아가는 데에도, 심지어 아직 걸음을 떼지 못했지만, 그 마음을 품고 있는 데에도 있다. 희망은 움직임이 아니고 의지의 다른 이름이다.

우리는 모두 언젠가 다시 시작해야 하는 날을 맞이한다. 중요한 건, 얼마나 오랫동안 넘어져 있었느냐가 아니라, 그 자리에 얼마나 많은 용기를 남겼느냐이다. 그리고 대부분의 우리는 생각보다 훨씬 강하다.

실패를 인정하고 다시 나아가는 사람만이 삶을 깊이 이해하게 된다. 상처와 흔들림을 지닌 사람만이 다른 이의 고통을 공감할 수 있다. 넘어졌다는 경험은, 결국 나를 더 단단한 존재로 만든다.

누구나 쓰러진다. 그러나 모든 사람이 다시 일어서는 건 아니다. 그 차이는 마음에 있다. 나는 다시 시작할 수 있다고 믿는 마음. 그 믿음 하나가 인생의 결을 바꾸는 첫걸음이 된다.

당신이 다시 일어서기로 결심한 그 마음이, 지금의 삶을 조금씩 다시 밝히고 있었습니다.

손끝이 따뜻해지는 순간, 마음도 조금 풀어진다

어느 겨울날, 찬바람 속에서 돌아와 뜨거운 물에 손을 담그는 순간. 아무 말도 없이 그 온기가 손끝부터 몸 안으로 퍼져간다. 따뜻한 물에 손을 씻는다는 건 단지 위생의 문제가 아니라, 감정의 온도를 다시 조절하는 일일지도 모른다.

자기 돌봄은 그처럼 작고 사적인 습관에서 시작된다. 피로한 하루 속, 잠시 손을 씻으며 나에게 집중하는 시간. 물의 온도, 비누의 향, 손끝의 감각. 그 일련의 과정이 생각보다 깊고 조용한 위로가 된다.

회복은 거창한 선언이 아니라, 그런 사소한 움직임에서 피어난다. 손을 씻는 몇 초 동안 마음은 잠시 멈추고, 하루의 긴장도 조금 느슨해진다. 그런 틈 하나가 삶 전체의 온도를 바꿔놓을 수도 있다.

내면 성찰은 종종 감각을 통해 찾아온다. 머릿속이 복잡할 때 손부터 씻는 사람, 혼란을 정리하고 싶을 때 물을 트는 사람. 감정은 그렇게 물의 흐름을 따라 조금씩 정리되곤 한다. 삶은 언제나 손끝부터 다시 시작된다.

작은 기쁨은 익숙한 동작 속에 숨어 있다. 물소리, 증기, 따뜻함. 그런 요소들이 아무리 반복돼도 지루해지지 않는 이유는, 그 안에 나를 돌보는 진심이 있기 때문이다. 나만 아는 위안이 거기 있다.

삶이 거칠게 느껴질수록, 우리는 손끝의 감각을 더 자주 떠올려야 한다. 바쁘고 복잡한 하루 속에서도 손 씻는 그 짧은 순간만큼은 오롯이 나에게 집중할 수 있다. 그것이야말로 진짜 쉼이다.

회복은 결국 자신을 스스로 다루는 태도에서 결정된다. 너무 힘든 날에는, 말보다 물이 먼저 닿아야 할 때가 있다. 손부터 데우고, 감정을 천천히 따뜻하게 푸는 일. 거기서부터 다시 살아갈 힘이 생긴다.

당신이 오늘 따뜻한 물에 손을 씻으며 잠시 멈춘 그 순간이, 삶을 다시 부드럽게 흐르게 하고 있었습니다.

함께 웃을 수 있어 고마웠어

어떤 날은 그 사람 덕분에 조금 더 웃을 수 있었다. 말하지 않아도 알아주는 그 온기, 괜찮지 않아도 같이 있어 주는 마음. ≪월플라워≫의 주인공 찰리는 친구들과 함께 있을 때 처음으로 말한다. "나는 지금, 무한해." 그 순간은 곧, 존재의 감각이었다.

우정은 대단한 걸 해주는 사이가 아니라, 아무것도 하지 않아도 괜찮은 사이에서 생긴다. 함께 걷고, 함께 듣고, 함께 웃는 시간. 그것이 서로의 삶에 깊게 스며든다. 그 자연스러움 속에서 연대는 시작된다.

사랑이 꼭 거창할 필요는 없다. "너랑 있으면 나도 나다워." 이 말이 어색하지 않은 관계라면, 이미 서로를 지켜주는 사이다. 그렇게 나를 바꾸려 하지 않고, 내가 나일 수 있도록 곁에 있어 주는 사람이 인생의 축복이다.

어떤 사람은 웃는 내 얼굴을 보고 같이 웃는다. 그 사람과 함께라면 삶이 더 가볍고, 외로움도 조금 덜하다. 진짜 친구란 그런 사람이다. 기쁨을 나누는 일보다 어려운 건 없지만, 그것이 가능할 때 우리는 함께 성장한다.

말 한마디 없이도 편안한 관계, 침묵마저도 함께 견딜 수 있는 사람. 그런 사람과 웃을 수 있다는 건 흔치 않은 기회이고, 오래 남는 기억이다. 결국 삶은 그런 순간들이 모여 빛나는 것이다.

우리도 누군가에게 그런 존재가 될 수 있다. 무언가를 해주기보다, 함께 웃을 수 있게 만들어주는 사람. 그 다정한 에너지가 관계를 살리고, 마음을 회복시키는 힘이 된다. 그것이 진짜 말보다 더 강한 언어다.

모든 위로는 때로 말보다 함께한 웃음 속에 담겨 있다. 아무 일 없는 날, 특별한 계획 없는 만남, 하지만 끝나고 나면 마음이 가벼워지는 시간. 그런 기억이 쌓여 인생을 단단하게 만든다.

당신과 웃을 수 있었던 그 시간이, 누군가에게는 살아갈 용기가 되어주고 있었습니다.

햇빛을 바라보면, 그림자는 등 뒤에 머문다

헬렌 켈러는 말했다. "햇빛을 바라보면 그림자는 보이지 않는다." 삶은 방향의 문제라는 그 말은, 우리가 어떤 시선을 선택하느냐에 따라 달라진다는 사실을 일깨운다. 빛을 보겠다는 결심 하나가 삶의 태도를 바꾼다.

자신감은 완벽한 결과에서 자라지 않는다. 오히려 부족한 날에도 고개를 들 수 있는 힘, 흐린 날 속에서도 빛을 찾으려는 시선. 그 시선은 연습을 통해 생기고, 반복을 통해 나를 지탱하는 내면의 힘이 된다.

자존감은 그림자를 보지 않으려 애쓰는 것이 아니다. 빛을 향해 나아가겠다는 다짐에서 비롯된다. 나의 약함과 불완전함을 등지고, 내가 믿고 싶은 방향으로 다시 걸어보는 것. 그 한 걸음이 자존감을 조금씩 되살린다.

희망은 거창한 변화보다도, 방향을 선택하는 용기에서 생긴다. 완전히 벗어나지 않아도 좋다. 단지 고개를 들어 햇살을 바라보는 것. 거기서부터 삶은 다시 움직이기 시작한다. 희망은 그렇게 작고 조용한 결심에서 자란다.

실패는 언제나 곁에 있다. 하지만 그 실패를 삶의 전부로 만들 것인지, 하나의 그림자에 머무를 것인지는 나의 선택이다. 햇빛을 향해 시선을 고정하는 한, 실패는 결국 등을 진 그림자가 된다.

삶은 늘 두 방향을 동시에 품고 있다. 뒤돌아보면 어제의 상처, 앞을 보면 내일의 가능성. 어디에 오래 머무를 것인지를 정하는 사람만이 자신을 잃지 않고 살아갈 수 있다. 그 선택은 단순하지만, 절대 가볍지 않다.

우리는 모두 각자의 빛을 찾아야 한다. 그것은 꼭 성공이나 성취일 필요는 없다. 나를 살아가게 하는 감정, 나를 미소 짓게 하는 관계, 내가 믿고 싶은 세계. 그 빛을 바라보는 순간, 삶은 다시 시작된다.

당신이 오늘 햇빛을 바라보기로 한 그 시선 하나가, 그림자 너머의 삶을 다시 이끌고 있었습니다.

혼자 듣는 음악에는 이유가 있다

이어폰을 귀에 꽂고, 아무도 없는 공간에서 음악을 듣는 순간이 있다. 가사는 잘 들리지 않아도, 멜로디는 마음에 맺힌 감정을 조용히 두드린다. 아무도 대신 해석해 주지 않는 그 시간, 우리는 비로소 자신의 리듬을 느낀다.

자기 돌봄은 거창한 말이 아니다. 지금 이 감정에 어울리는 노래를 틀어주는 것, 음악 속에서 나를 숨 쉴 수 있게 해주는 일. 사람들의 말보다 악기의 떨림이 더 솔직하게 느껴질 때, 마음은 천천히 정리된다.

내면 성찰은 말보다 음에서 시작되는 경우가 많다. 가끔은 노래 한 곡이 며칠을 붙잡아 두고, 어떤 날은 멜로디 하나가 오랫동안 닫아 두었던 감정을 건드린다. 그 감정을 도망치지 않고 듣는 순간, 우리는 나를 이해하게 된다.

자존감이란 결국, 나에게 어울리는 소리를 찾아가는 과정이다. 누군가에게 들려주기 위한 음악이 아니라, 나만을 위한 음악을 들을 수 있을 때.

그 순간 나는 나에게 집중하고, 그 집중이 나를 다시 일으켜 세운다.

음악은 말처럼 나에게 다가온다. 위로하겠다는 말도 없고, 조언도 없지만, 그저 옆에 있어 주는 듯한 리듬. 마음이 조용히 따라 흘러갈 수 있게 해주는 소리. 그 안에서 우리는 다시 중심을 찾는다.

의미 있는 삶은 소란한 자리보다, 침묵 속에서 더 많이 발견된다. 내가 어떤 음악을 좋아하는지, 어떤 감정에 끌리는지 아는 사람은 자신을 이해하는 사람이다. 그 이해는 삶을 덜 외롭게 만든다.

혼자 듣는 음악은 결코 외로운 행위가 아니다. 오히려 가장 친밀한 감정의 교류다. 아무도 몰라도, 내가 안다는 것. 아무도 듣지 않아도, 내가 들었다는 것. 그건 충분히 가치 있는 감정이다.

당신이 오늘 조용히 듣고 있던 그 음악 한 곡이, 당신의 마음을 조용히 꺼내주고 있었습니다.

가끔은 이불 속이 세상에서 가장 안전한 곳이다

어떤 날은 세상에 나갈 힘조차 나지 않는다. 말 한마디 꺼내기도 버겁고, 그저 이불을 머리까지 덮은 채 조용히 있고 싶은 날. 그런 시간은 무기력이 아니라, 회복이 시작되는 자리다. 이불 속은 때때로 세상에서 가장 필요한 쉼의 공간이다.

자기 돌봄은 어떤 계획보다도 먼저, 나에게 쉼을 허락하는 일이다. 오늘 하루 아무것도 하지 않아도 괜찮다고, 늦잠을 자도, 문자에 답장하지 않아도 된다고. 스스로에게 그렇게 말할 수 있을 때, 우리는 비로소 나를 지키는 중이다.

자존감은 끝없이 움직이는 삶에서 오는 것이 아니다. 가만히 누워 있던 날에도 나는 괜찮은 사람이라는 믿음, 누워 있는 나를 부끄러워하지 않는 마음. 그 마음이 나를 다시 일으켜 세운다. 때로 멈춤은 가장 필요한 선택이다.

회복은 바깥에서 시작되지 않는다. 깊숙이 웅크리고 나를 덮어주는 감각, 세상의 소리를 잠시 끄고 내 호흡에 귀 기울이는 시간. 그 조용한 고요 속에서 우리는 천천히 다시 살아갈 힘을 되찾는다.

의미 있는 삶은 항상 활동적일 필요가 없다. 가만히 쉬는 시간이 나를 더 오래 달릴 수 있게 해주고, 삶을 더 길게 바라보게 한다. 쉼은 낭비가 아니라 준비다. 이불 속의 시간도 삶을 이루는 일부다.

우리는 자주 '쉬지 않으면 안 될 만큼' 지쳐야만 쉰다. 하지만 이불 속에 있는 시간을 미리 인정할 수 있다면, 지치기 전에 회복할 수 있다. 회복은 예방하는 힘이기도 하다.

그 어떤 계획보다 중요한 시간. 아무것도 하지 않아도, 그저 누워 있는 것만으로도 삶은 조금씩 회복되고 있다. 조용한 이불 속에서 우리는 세상으로 다시 나갈 준비를 하는 중이다.

당신이 오늘 이불 속에서 지켜낸 그 고요한 시간이, 삶을 다시 부드럽게 감싸고 있었습니다.

가장 따뜻했던 말 한마디

마음이 무너지는 날엔 말 한마디가 큰 울림이 된다. 누군가의 "괜찮아"가, "힘들었겠다"라는 말이, 차가운 현실 속에서 조용히 나를 붙든다. ≪인사이드 아웃≫에서 라일리는 자신의 슬픔을 처음으로 털어놓는다. 그 순간, 부모는 아무 말 없이 딸을 안아주었다.

슬픔은 감춰야 할 감정이 아니다. 때로는 그 감정을 입 밖에 낼 수 있는 말 한마디가 삶을 바꾼다. "울어도 괜찮아." "힘들면 기대." 이런 문장은 단순하지만 깊다. 그 안에는 상대를 향한 진심이 담겨 있고, 들은 사람은 자신을 스스로 다시 붙들 힘을 얻는다.

우정이란 함께 웃는 것만이 아니다. 울고 있는 친구 앞에 조용히 앉아줄 수 있는 용기다. 우리는 모두 무너질 수 있고, 그 무너짐을 보여도 괜찮다는 신호가 필요하다. 따뜻한 말은 상대의 감정을 부정하지 않는다. 있는 그대로 끌어안는다.

말에는 온도가 있다. 같은 말이라도 진심에서 나온 말은 마음을 데운다.

"고생했어"라는 말에 눈물이 나는 건, 내가 버텨온 시간을 누군가 인정해 준 것 같아서다. 인정받는다는 감각은 회복의 시작이다. 가장 인간적인 위로다.

가끔은 어떤 조언도 필요 없다. 괜히 힘내라는 말보다, "힘들지?"하고 옆에 있어 주는 말이 더 깊이 닿는다. 그 말 한마디가 자신을 스스로 회복할 여지를 남긴다. 그 여지 속에서 우리는 다시 시작할 수 있다.

사람은 누군가의 말 속에서 살아간다. 서로의 말이 가시가 될 수도 있고, 다리가 될 수도 있다. 그러니 누군가에게 건네는 말은 늘 조심스럽고도 따뜻해야 한다. 말은 흘러가지만, 마음에는 오래 남는다.

우리도 누군가에게 그런 말이 될 수 있다. 특별한 능력이 없어도, 잘 포장된 위로가 아니어도 괜찮다. 진심으로 건네는 한 문장이면 충분하다. 그 한 문장이 누군가의 마음을 살릴 수 있다.

당신이 들었던 그 한마디처럼, 당신도 누군가의 마음을 지켜주고 있었습니다.

결국 나를 구하는 건 나 자신이다

삶이 무너질 듯한 순간, 우리는 본능적으로 누군가의 손을 찾는다. 내 편이 되어줄 사람, 지금 이 고통을 함께 껴안아 줄 누군가. 하지만 그 손이 언제나 닿는 것은 아니다. 외로운 현실 앞에서 깨닫게 된다. 결국 나를 일으키는 건 나 자신이라는 사실을.

≪자기 돌봄≫은 말한다. 회복은 타인의 응원보다 내 마음의 다정함에서 시작된다고. 스스로에게 다정해지는 연습, 무너질 때 나를 품어주는 연습. 자기 돌봄은 연약함이 아니라 회복을 선택하는 강함이다.

누군가에게 기대고 싶을 때가 있다. 하지만 바람은 언제나 오래가지 않는다. 그 바램이 무너졌을 때도 다시 일어날 수 있으려면, 내 안의 중심이 필요하다. 내 안의 힘이 있어야만 진짜로 다시 걷게 된다.

자신을 스스로 돌보는 건 결코 사치가 아니다. 무너진 마음을 들여다보고, 피로한 감정을 인정하는 일. 잠시 멈춰 숨 고를 수 있는 사람이 결국 더 멀리 간다. 자기 돌봄은 현실적인 회복의 기술이다.

나를 지키는 힘은 작고 사소한 습관에서 비롯된다. 따뜻한 차 한 잔, 나에게 건네는 한마디 위로, 하루를 정리하는 고요한 시간. 그 모든 다정한 순간이 쌓여 나를 다시 일으킨다. 결국 스스로에게 다정한 사람이 가장 강하다.

세상은 강해지라고 말하지만, 진짜 강함은 자기 약함을 받아들이는 데 있다. 상처 난 마음을 외면하지 않고, 천천히 다독이며 회복하는 사람. 자기 돌봄은 곧 자기 존중이고, 자기 존중은 다시 걷게 하는 힘이다.

내 마음을 가장 잘 아는 사람은 나다. 아무리 가까운 사람이라도 내 안의 진짜 흔들림까지는 알 수 없다. 그렇기에 나는 나의 동반자가 되어야 한다. 외로움이 커질수록 나를 더 붙잡아야 한다.

끝내 나를 구해내는 건, 다정하게 나를 붙잡아주는 내 마음입니다.

국물이 몸에 스며들 때, 마음도 함께 데워진다

지친 하루 끝, 밥상 위에서 김이 모락모락 올라오는 국 한 그릇을 마주할 때가 있다. 입안에 퍼지는 익숙한 맛, 속이 천천히 풀리는 온기. 그 순간은 단순한 식사가 아니라, 삶을 다시 다독이는 조용한 의식이다.

자기 돌봄은 특별한 이벤트보다, 매일의 식사 안에 있다. 따뜻한 국 한 숟갈을 입에 넣으며 나를 쉬게 하는 일. 아무 말 없이도 위로받는 그 시간 속에 진짜 돌봄이 숨어 있다. 몸이 먼저 회복되면, 마음도 따라온다.

자존감은 나를 소중하게 대하는 습관에서 생긴다. 혼자 먹는 밥이라도 성의 있게 준비하고, 천천히 음미하는 태도. "나는 이런 대접을 받을 자격이 있는 사람이다."라고 마음이 말할 수 있도록 해주는 일이다.

회복은 그렇게 시작된다. 찬 음식을 급히 먹는 삶에서 벗어나, 따뜻한 것을 천천히 받아들이는 삶으로. 따끈한 국 한 그릇은 단지 속을 데우는 게 아니라, 마음 온도를 다시 맞춰주는 역할을 한다.

작은 기쁨은 늘 소박한 곳에서 피어난다. 김이 서리는 그릇의 테두리, 국물에 담긴 채소 하나, 첫 숟가락에 퍼지는 짠하고 부드러운 맛. 그런 요소들이 모여 마음을 조용히 안심시킨다.

삶이 날카로워질수록, 우리는 더 부드러운 것들을 곁에 두어야 한다. 따뜻한 국은 그런 부드러움의 대표다. 말보다 먼저 다가오고, 설명 없이도 이해받는 기분. 그런 감각이 사람을 다시 붙든다.

사랑은 거창한 말보다도, "국 식기 전에 먹어."라는 말 속에 있다. 나에게도 그런 말을 건넬 수 있다면, 우리는 이미 나를 돌볼 줄 아는 사람이다. 따뜻하게 나를 먹이는 일, 그것이 삶을 지키는 힘이다.

당신이 오늘 천천히 떠넣은 그 국 한 숟갈이, 삶을 다시 따뜻하게 감싸주고 있었습니다.

그 노래가 누군가의 마음을 살릴 줄은 몰랐다

영화 ≪비긴 어게인≫에서 그레타는 이별의 상처를 안고 거리에서 노래를 부른다. 아무도 듣지 않을 것 같던 그 노래는 누군가의 마음을 움직이고, 예상치 못한 인연을 불러온다. 우리는 모른다. 내가 건넨 말 한마디, 노래 한 곡이 누군가의 삶에 어떤 빛이 될지.

우정과 연대는 그렇게 시작된다. 누군가를 위해 한 것이 아니었지만, 나의 진심이 닿아버리는 순간. 말로 설명할 수 없는 감정이 전해지고, 그 안에서 관계가 만들어진다. 따뜻한 말 한마디가, 때로는 함께 울어주는 마음보다 깊다.

삶은 누구나 고유한 리듬을 갖고 있지만, 때로 그 리듬이 맞는 사람과 나란히 걸을 수 있다. 말보다 음악이 먼저 건너가는 순간처럼, 감정은 가장 조용한 방식으로 서로를 끌어당긴다. 그 연결이 우리를 버티게 한다.

내가 가진 게 많지 않아도 괜찮다. 마음이 담긴 말, 온기가 느껴지는 태도, 진심이 담긴 작은 행동이면 충분하다. 그런 것들이 쌓여 누군가에게는 하루를 건너게 해주는 다리가 된다. 내가 몰랐던 순간, 나는 이미 누군가의 힘이었을지도 모른다.

우리는 서로에게 큰 도움이 되지 않아도, 작은 온도가 될 수 있다. 존재 자체로 안심이 되는 사람, 말 한마디로 마음을 여는 사람. 그건 노력보다 감정의 진심에서 비롯된다. 가식 없이 다가가는 순간, 마음은 알아본다.

관계는 의미 있는 삶을 만든다. 내가 누군가를 지켜준 기억, 누군가와 같이 보낸 시간, 그 모든 감정이 삶을 단단하게 만든다. 비긴 어게인의 노래가 거리에서 울려 퍼졌듯, 우리의 진심도 어디선가 울리고 있을지 모른다.

가끔은 너무 작아 보이는 내 말, 내 마음, 내 노력이 무의미해 보일 때도 있다. 하지만 진심은 생각보다 멀리 간다. 그 마음을 기억하는 누군가가 있다면, 그것만으로도 충분하다.

당신이 조용히 건넨 그 진심 하나가, 누군가의 마음을 조용히 살려내고 있었습니다.

그 상실을 통과하며, 나는 다시 나를 배웠다

조앤 디디온은 사랑하는 남편을 갑작스레 떠나보낸 뒤, 삶의 언어를 다시 써내려간다. ≪상실의 언어≫는 그 애도와 회복의 기록이다. 그녀는 말한다. "나는 모든 것을 잃고, 나 자신과 다시 처음부터 시작해야 했다." 상실은 끝이 아니라, 새로운 언어로 삶을 다시 배우는 시작이었다.

실패도 그렇다. 무언가를 잃고 난 뒤, 우리는 비로소 진짜 중요한 것을 다시 보게 된다. 그때의 고통은 나를 부서지게 하지만, 동시에 나를 새롭게 만든다. 실패는 삶을 망치지 않는다. 실패를 견딘 나만이 삶을 다시 세울 수 있다.

자존감은 무너지지 않는 데서 오는 게 아니다. 무너졌지만, 다시 돌아올 수 있다는 믿음. 그 믿음이 쌓일수록 나는 나를 더 신뢰하게 된다. 그리고 그 신뢰는 어떤 상실 앞에서도 나를 붙잡아주는 가장 단단한 밑바탕이 된다.

회복은 상처가 없어졌다는 뜻이 아니다. 오히려 그 상처를 인정하고, 그 안에서 살아갈 언어를 찾아내는 일이다. 상실은 사라지지 않지만, 그 자리에 새로운 삶을 놓을 수는 있다. 그것이 회복이고 성장이다.

용기는 회복과 함께 온다. 상처 입은 나를 숨기지 않고 꺼내 보여줄 수 있는 것. 상실을 견디고도 다시 사랑할 수 있는 것. 실패에도 불구하고 다시 시도할 수 있는 마음. 그 모든 것이 다 용기다.

디디온은 그 해를 "마법적 사고의 해"라고 불렀다. 다시 돌아올 수 없는 것을 기다리는 마음, 그 부질없는 희망조차도 그녀에게는 회복의 언어였다. 우리는 모두 그런 해를 한 번쯤 통과하며 자란다.

삶이 우리에게 던지는 모든 질문에 똑똑히 대답할 수는 없다. 하지만 우리는 고개를 돌리지 않고 그 질문을 받아들일 수는 있다. 그 태도만으로도 우리는 삶 앞에 다시 설 수 있다.

당신이 그 상실을 조용히 통과하며 지켜낸 마음이, 지금의 당신을 다시 단단하게 만들고 있었습니다.

당신은 이미 최고예요

세상은 '최고'라는 말을 너무 쉽게 쓴다. 시험을 잘 본 사람, 성과를 낸 사람, 앞서가는 사람에게만 주어지는 말처럼 느껴진다. 그래서 우리는 자꾸 부족하다고 생각한다. 하지만 진짜 최고는 그렇게 정해지는 게 아니다.

영화 《코다 CODA》에서 주인공 루비는 청각장애인 가족 속에서 홀로 듣는 사람으로 자란다. 가족을 돕는 책임과 자신의 꿈 사이에서 갈등하던 그녀는, 결국 자신의 목소리를 선택한다. 그 노래는 화려하지 않지만, 그 누구보다 진심이었다. 최고는 결국, 내 안에서 울려 퍼지는 것이다.

최고란 남보다 앞서는 게 아니다. 내 마음을 따르고, 내가 원하는 것을 향해 가는 것. 누군가의 틀에 나를 맞추지 않고, 나만의 방식으로 살아가는 것. 그게 바로 최고의 삶이다.

자신을 의심했던 순간도 있다. 이게 맞는 걸까, 내가 잘하고 있는 걸까. 그런 고민이 많았던 만큼, 당신은 진지하게 살아온 사람이다. 누구보다 자기 삶에 책임을 다하려고 애써왔다.

최고라는 말은 누가 주는 칭찬이 아니라, 내가 내게 주는 인정이다. 나를 믿고 걸어온 길, 남들보다 느렸어도 포기하지 않은 선택. 그런 하루들이 당신을 지금 이 자리에 데려다주었다. 그리고 그 자리에서 당신은 빛난다.

누군가를 흉내내지 않고, 나의 목소리를 찾은 사람은 흔들리지 않는다. 당신은 이미 그 단단한 중심을 가지고 있다. 흔들려도 다시 돌아올 수 있는 곳, 그게 당신의 마음이고 당신의 힘이다.

모든 순간이 완벽하지는 않았지만, 진심이 있었기에 충분했다. 실패 속에서도 의미를 찾고, 고요한 날에도 자신을 스스로 지켰던 사람. 나는 그런 당신을 최고라고 부르고 싶다. 그 삶 자체가 증거다.

당신은 이미 최고다. 누군가의 기준이 아니라, 당신이 살아온 방식으로. 그 태도, 그 선택, 그 마음. 나는 그 모든 것을 진심으로 응원한다.

누군가가 정한 최고가 아니라, 당신이 살아낸 그 삶 자체가 최고입니다.

3장 당신이 자랑스럽습니다

그냥 오늘의 나로 괜찮다는 말

사람들은 자주 이유를 묻는다. 왜 그 일을 했는지, 왜 그런 기분이 드는 지. 심지어 "왜 괜찮다고 느끼는지"조차 설명하길 바란다. 하지만 삶에는 설명할 수 없는 감정도 있다.

소설 ≪어느 날 공주가 되어버렸다≫에는 이런 글귀가 나온다. "어떤 이유 없이, 그냥 너여서 좋아." 그 말은 조건 없이 존재를 사랑한다는 뜻이다. 이유 없이 괜찮다고 말할 힘, 그게 나를 지키는 다정함이다.

오늘 하루, 나는 특별한 일을 하지 않았다. 성과도 없고, 누가 칭찬해 준 것도 아니다. 하지만 그런 날도 살아낸 것만으로 충분하다. 조건 없이 괜찮다는 말이 지금의 나에게 필요하다.

자기애는 특별해서가 아니라 존재 자체를 받아들이는 데서 시작된다. 잘해야만 사랑받을 수 있다는 생각은 마음을 점점 졸이게 한다. 오늘의 나로 괜찮다는 말은 그 틀을 풀어주는 열쇠다.

지금의 나는 어쩌면 조금 지쳐 있고, 조금 무기력할 수도 있다. 하지만 그런 감정도 나의 일부다. 감정이 좋을 때만 나를 인정할 수는 없다. 모든 감정을 품을 수 있을 때, 나는 나를 진짜로 받아들이게 된다.

사람은 누구나 존재만으로도 의미 있다. 잘해서가 아니라, 무언가를 이루어서가 아니라, 그냥 살아 있다는 이유 하나로도. 오늘 하루를 온전히 버텼다면, 그걸로도 충분하다.

나는 이제 나에게 자주 말해주려 한다. "괜찮아. 너니까 괜찮아." 그 한마디가 마음을 풀어주고, 다시 하루를 시작하게 해준다. 내 존재를 있는 그대로 인정하는 연습이다.

그 말은 누가 해주지 않아도 된다. 내가 나에게 해주는 말이면 충분하다. 이유 없이 괜찮다고 말해주는 그 마음이, 나를 끝까지 지켜준다.

이유 없어도 괜찮습니다. 그냥 지금의 당신이면 충분합니다.

그런데도, 나는 다시 일어난다

마야 안젤루는 시 ≪Still I Rise≫에서 선언하듯 말한다. "당신이 나를 땅에 내리꽂는다 해도, 나는 다시 일어납니다." 그 말은 단지 저항의 목소리가 아니라, 인간 존재에 대한 깊은 신뢰다. 상처받은 삶에도 희망은 여전히 살아 있다.

희망은 외부에서 주어지지 않는다. 그건 나를 밀쳐낸 세계 속에서도 나를 붙잡는 내 안의 목소리다. 아무도 믿어주지 않을 때, 내가 나를 믿는 것. 모든 것이 끝난 것 같을 때도 "아니야, 아직."이라고 말하는 마음. 그것이 희망이다.

용기는 흔들리는 다리로도 한 발 내딛는 것이다. 완벽한 준비가 아니라, 부족하지만 나아가는 태도. 세상의 무게보다 내 존재의 가치를 믿는 힘. 그래서 우리는 쓰러져도 다시 일어난다.

자존감은 상처 없는 삶에서 오는 게 아니다. 쓰라린 기억과 부끄러운 실패를 통과하고도, "나는 여전히 괜찮은 사람이다."라고 말할 수 있는 감정. 마야 안젤루는 그 말을 시로 써 내려갔다. 우리는 그것을 삶으로 써 내려가면 된다.

의미 있는 삶은 결국 그 말 위에 세워진다. "그런데도." 기회가 없었음에도, 불리했음에도, 상처받았음에도. 그런데도 다시 일어난 사람만이 자신의 서사를 완성할 수 있다.

우리는 모두 그런 서사의 주인공이 될 수 있다. 외부의 시선이 아닌, 내 진심으로 살아가는 사람. 비웃음과 무시 속에서도 웃음을 잃지 않고, 굳건히 다시 걷는 사람. 삶은 그 사람을 중심으로 다시 돌아간다.

넘어졌던 날도, 상처 입은 시간도, 다시 걷기 위한 하나의 장면일 뿐이다. 중요한 건 "나는 끝나지 않았다."라는 믿음. 그 믿음 하나로 우리는 다시 삶을 시작할 수 있다.

당신이 그런데도 오늘 일어나기로 한 마음이, 삶을 다시 힘 있게 이끌고 있었습니다.

그 조용한 아침의 힘으로

세상이 움직이기 전의 아침은 유난히 고요하다. 그 고요 속에서만 들리는 마음의 소리가 있다. 창문 너머로 들어오는 햇살, 김이 피어오르는 커피잔, 따뜻한 물에 손을 씻는 감각. 그 모든 것이 나를 다시 살아보게 만든다.

자기 돌봄은 거창한 계획이 아니다. 하루의 시작을 스스로에게 집중하는 것으로 충분하다. "오늘은 어떤 하루가 될까?"를 묻는 조용한 대화, 어제의 피로를 내려놓는 아주 짧은 숨 고르기. 그런 아침의 태도 하나가 나를 다르게 만든다.

작은 기쁨은 언제나 이런 시간 속에 숨어 있다. 바쁘고 정신없는 날에도, 단 몇 분이라도 나를 위한 고요를 가질 수 있다면, 삶은 다시 중심을 찾는다. 아침은 단지 하루의 시작이 아니라, 나를 회복시키는 일상의 의식이다.

삶은 매일 다시 쓰는 이야기다. 전날의 실패도, 지친 감정도, 아침 앞에서는 다시 줄어든다. 그 재설정의 순간을 어떻게 맞이하느냐에 따라, 하루 전체의 빛깔이 달라진다. 그러니 아침을 소중히 여기는 태도는 곧 나를 아끼는 태도다.

회복은 요란한 변화가 아니라, 조용한 반복에서 자란다. 매일 아침, 같은 시간에 나를 챙기는 일. 별일 없는 것처럼 보이지만, 그 일상이 쌓여 나를 만든다. 몸이 정돈되면 마음도 정돈된다. 내 삶의 시작점이 단단해지는 순간이다.

의미 있는 삶이란 특별한 사건이 아니라, 반복되는 하루 속에서 작은 의미를 발견하는 일이다. 아침 햇살을 보며 기분이 좋아졌다면, 이미 나는 그 하루를 충분히 잘 살아갈 준비가 된 것이다.

누군가는 이른 시간부터 달리고 있지만, 나는 나만의 속도로 걷는다. 그 다름을 받아들이고, 내 호흡에 맞춰 하루를 여는 사람. 그 사람이 결국 가장 오래, 가장 멀리 가는 사람이다.

당신이 오늘 아침을 천천히 마주한 그 마음이, 하루 전체를 따뜻하게 이끌고 있었습니다.

그때의 나를 이제는 이해해 주기로 했다

가끔은 아무 이유 없이 예전의 일이 떠오른다. 말 한마디, 행동 하나, 지나간 선택들. 그 순간의 나를 떠올리면 마음 한구석이 서늘해진다. "왜 그랬을까?"라는 질문이 머릿속을 맴돈다.

사람들은 쉽게 말한다. 시간이 지나면 괜찮아질 거라고. 하지만 때때로 시간은 잊게 하는 게 아니라 더 또렷하게 만든다. 오래된 후회일수록 더 깊이 마음을 찌른다. 그래서 나 자신을 용서하는 일이 더 어렵다.

≪자기 돌봄의 심리학≫에서는 말한다. "그때는 그것이 최선이었다." 그 한 문장이 나를 멈추게 했다. 맞다, 그때 나는 미숙했지만 애쓰고 있었다. 흔들렸지만 진심이었고, 서툴렀지만 최선을 다하고 있었다.

용서는 꼭 누군가에게만 필요한 말이 아니다. 때로는 내가 나에게 먼저 건네야 한다. "그때 넌 잘못한 게 아니라, 너무 힘들었던 거야." 그렇게 말해주는 순간, 마음은 서서히 풀리기 시작한다.

과거를 바꿀 수는 없다. 하지만 그때의 나를 대하는 태도는 지금 바꿀 수 있다. 비난 대신 다정함으로, 회피 대신 이해로. 그때의 나를 안아주는 일이 곧 지금의 나를 지키는 일이 된다.

누구에게 보여주기 위한 용서가 아니다. 내가 나를 붙잡기 위한 용서다. 그것은 화려하지 않지만 가장 진심인 일이다. 잘못이 아니라 상처였다는 걸 알아주는 마음, 그 다정함이 나를 다시 일으킨다.

그때의 나는 지금보다 작고 흔들리는 사람이었다. 하지만 그 흔들림이 있었기에 지금의 단단함이 생겼다. 내가 외면하고 싶었던 순간들조차 지금의 나를 이루는 조각이었다. 그래서 이제는 이해할 수 있다.

나는 더 이상 그때의 나를 탓하지 않는다. 지금의 내가 가장 먼저 그를 품어야 한다. 그 마음이 다시 앞으로 걸어가게 만든다. 나를 위한 진짜 용서는 지금 이 순간부터다.

그때의 당신도 괜찮았습니다. 그 마음조차 당신을 지켜낸 증거입니다.

나는 나만의 리듬으로 살아간다

아침 일찍 하루를 시작하는 사람이 있다. 반면 밤이 되어서야 생각이 정돈되고 마음이 열리는 사람도 있다. 누구는 빠르게 목표를 향해 달리고, 또 누구는 천천히 주변을 살핀다. 삶에는 각자에게 어울리는 리듬이 있다.

문제는 세상이 그 다양한 리듬을 허용하지 않을 때 생긴다. 우리는 자꾸 비교하게 된다. 남보다 늦었다고 느낄 때, 내 리듬은 흔들린다. 하지만 비교의 속도는 결코 나의 속도가 아니다.

리듬은 음악처럼 고유하다. 나에게 맞는 호흡과 방식이 있다. 그 리듬을 지키는 건 게으름이 아니라 정직함이다. 외부의 기준이 아니라, 내 안의 박자를 따르는 삶이 더 오래간다.

남들이 부지런하다고 해서 나도 그렇게 살아야 하는 건 아니다. 어울리지 않는 빠름은 오래가지 못한다. 중요한 건 잠깐의 성취보다 꾸준히 지속할 수 있는 흐름이다. 나다운 삶은 결국 내 리듬을 지켜내는 데서 시작된다.

속도를 비교하며 조급해질 때, 나는 자주 나를 잃었다. 일의 속도, 관계의 속도, 감정 회복의 속도까지. 하지만 삶은 경주가 아니다. 오래 가는 사람이 결국 도달한다.

내 리듬을 지킨다는 건 나를 존중한다는 뜻이다. 잠시 멈춰도 괜찮고, 돌아가도 괜찮다. 중요한 건 포기하지 않고 나만의 속도로 계속 나아가는 것. 그 안에서 나는 가장 나답게 존재할 수 있다.

오늘도 나는 나만의 박자로 걷는다. 빠르지 않아도, 남들과 달라도, 이 길이 내게 맞는 길이다. 그래서 나는 내 리듬을 믿는다. 그것이야말로 나를 살아내는 증거다.

남의 속도에 휘둘리지 않아도 됩니다, 당신의 리듬은 그것만으로도 충분히 아름답습니다.

그저 살아만 있어 줘도 되는 사람이 있다

≪나의 아저씨≫에서 이지안은 날마다 겨우 버티며 살아간다. 상처투성이인 그녀의 삶에 박동훈은 말한다. "그냥 살아만 있어도 돼." 그 말은 위로가 아니라, 존재 자체를 받아들이는 선언이었다. 존재만으로도 괜찮다는 말이 삶을 지탱해 준다.

자신감은 외부의 성취에서 자라지 않는다. 아무것도 하지 못한 날에도, 무너진 하루 속에서도 내가 괜찮은 사람이라는 감각. 그 감각은 타인의 인정이 아니라, 무조건적인 존중과 기다림 속에서 자란다.

자존감은 누군가에게 필요한 사람이 되겠다는 다짐보다, 그냥 나로서 살아도 괜찮다는 경험에서 형성된다. 실패했을 때도, 말없이 주저앉아 있을 때도, 나를 있는 그대로 바라봐 주는 시선. 그런 관계가 우리를 회복하게 한다.

성장은 그 시선 속에서 시작된다. 더 잘해야 한다는 압박 없이, 지금의 나로도 충분히 괜찮다고 느껴지는 순간. 거기서 비로소 우리는 다시 움직일 수 있다. 삶은 그렇게, 관계를 통해 다시 살아난다.

회복은 반드시 혼자서 해내야 하는 것이 아니다. "그저 살아 있어 줘서 고맙다."라는 말이 마음에 닿을 때, 우리는 비로소 다시 자신을 인정하게 된다. 존재를 허락받는다는 감정은, 가장 조용하지만 강력한 치유다.

≪나의 아저씨≫는 말한다. 삶이 힘들어 말조차 할 수 없을 때, 옆에 있어 주는 한 사람이면 충분하다고. 그 한 사람으로 인해, 나는 다시 나를 믿게 된다. 말없이 곁을 지키는 사람은 말 많은 위로보다 깊다.

누군가에게 그런 사람이 된다는 것도 삶의 의미다. 조건 없는 인정, 평가 없는 지지, 다정한 침묵. 우리는 서로의 삶을 조용히 붙잡아주는 존재로 살아갈 수 있다. 그게 가장 큰 힘이 된다.

당신이 누군가에게 그냥 살아만 있어도 되는 존재였다는 사실이, 오늘 그 사람을 다시 일으켜 세우고 있었습니다.

기쁨만으로는 완전하지 않아요

감정은 언제나 복잡하다. 기쁨과 슬픔은 종종 한자리에 있고, 우리가 감당할 수 없는 마음은 늘 우리보다 먼저 움직인다. ≪인사이드 아웃≫은 그걸 아이의 머릿속 이야기로 풀어낸다. 그리고 말한다. "행복은 기쁨 하나로는 완성되지 않는다."

우정이 깊어지는 순간은 늘 예상 밖의 자리에서 찾아온다. 기쁜 일을 함께할 때보다, 힘들고 슬픈 날 곁을 지켜주는 사람. 말없이 손을 내밀어주는 사람. 슬픔을 함께 통과해 주는 사람이 있을 때, 우리는 진짜 연대를 느낀다.

연대는 강한 사람들 사이에서 만들어지는 게 아니다. 감정의 결이 다른 사람들이 서로를 이해하려고 애쓸 때, 그 다름을 받아들이는 순간에 싹튼다. 영화 속 '슬픔'이 아무것도 하지 않는 듯 보여도, 그 감정이야말로 다른 사람을 연결하는 힘이었다.

희망은 늘 밝고 긍정적인 마음에서만 오는 게 아니다. 울고 나서 마음이 정리될 때, 누군가와의 오해가 풀리고 다시 웃게 될 때, 그런 복합적인 감정 속에서 더 단단한 희망이 생긴다. 기쁨만으로는 닿을 수 없는 느낌이 있다.

사랑도 마찬가지다. 기쁘기만 한 관계는 오래가지 못한다. 서로의 슬픔을 공유할 수 있을 때, 그 관계는 깊어지고 단단해진다. 감정을 숨기지 않아도 되는 사이, 나의 어두운 감정마저도 받아줄 수 있는 사람이 있다는 건 삶의 큰 힘이다.

우리는 종종 좋은 감정만을 선택하려 한다. 하지만 감정은 골라 담을 수 있는 것이 아니다. 기쁨도, 분노도, 슬픔도 모두 나를 이루는 일부다. 그 감정들과 평화롭게 공존할 수 있을 때, 우리는 비로소 진짜로 살아가고 있는 것이다.

≪인사이드 아웃≫은 말한다. 감정은 나의 약점이 아니라, 연결의 출발점이라고. 서로의 감정을 믿고 이해할 수 있을 때, 우리는 더 따뜻한 존재가 된다.

당신이 슬픔까지도 품었던 그 마음이, 누군가에게는 가장 깊은 위로가 되어주고 있었습니다.

꽃이 피지 않아도 괜찮은 날이 있다

살다 보면, 아무 일도 일어나지 않는 날이 있다. 기대했던 소식도 없고, 특별한 성취도 없이 그저 흘러가는 날. 그런 날엔 내가 멈춰버린 것 같고, 세상만 앞으로 가는 느낌이 든다. 하지만 고은 시인은 말한다. "그 꽃은 피지 않았다. 그러나 피지 않아도 나는 그 꽃을 보았다."

기다림은 종종 무력하게 느껴진다. 하지만 기다림이 없는 삶은 없다. 모든 것은 제 속도가 있고, 모든 피어남은 고유의 시간이 있다. 꽃이 아직 피지 않았다고 해서 그 존재가 무의미한 것이 아니다. 보이지 않는 자리에서도 삶은 여전히 자라고 있다.

우리는 언제나 뭔가를 이루어야 의미 있다고 생각하지만, 의미는 오히려 아무 일도 없던 날 속에 숨어 있다. 그 조용한 시간 속에서 마음은 정리되고, 생각은 깊어지며, 감정은 제자리를 찾아간다. 기다림은 내면의 성장을 위한 공간이다.

희망은 멀리 있는 것이 아니다. 지금 피지 않은 꽃을 가만히 바라볼 수 있는 마음, 아직 오지 않은 것을 미워하지 않는 태도, 그 자체가 희망이다. 꽃은 언젠가 핀다. 그리고 그 기다림을 견딘 이에게 가장 먼저 모습을 내민다.

오늘 피어나지 않아도 괜찮다. 지금은 준비의 시간일 수 있다. 뿌리를 더 깊이 내리는 중일지도 모른다. 나의 봄이 남들보다 늦게 오는 것 같아도, 그건 나만의 계절이기 때문이다. 삶은 누구에게나 다른 리듬을 가지고 있다.

기다리는 동안 우리는 자주 조급해진다. 하지만 삶은 조급함으로 얻을 수 있는 게 아니다. 충분히 기다려야만 볼 수 있는 것들이 있다. 그 기다림이 헛되지 않으려면, 지금 이 순간을 충분히 살아야 한다.

지금의 고요가 나중의 피어남을 위한 시간이라면, 이 또한 충분히 의미 있는 하루다. 꽃은 언젠가 핀다. 피지 않았던 시간까지 품고, 더 깊고 더 환하게 피어난다. 그 사실 하나만으로도 우리는 다시 기다릴 수 있다.

오늘 꽃이 피지 않았더라도 괜찮습니다, 그 기다림이 당신을 더 아름답게 만들고 있었으니까요.

나는 나를 믿는다

불확실한 세상에서 우리는 자주 흔들린다. 넘쳐나는 정보, 끊임없는 비교, 가속되는 삶의 속도. 멈춰 선 순간, 나조차 나를 믿지 못하게 되는 날이 있다. 그럴수록 우리는 가장 단순한 질문으로 돌아가야 한다.

나는 누구인가. 나는 무엇을 원하며, 어떤 방향으로 가고 있는가. 오래된 질문이지만, 지금도 가장 중요한 물음이다. 복잡한 이론보다 중요한 건 그 질문 앞에서 나에게 얼마나 정직할 수 있느냐이다.

자기 확신은 거창한 다짐이 아니다. 매일을 살아내는 나를 인정하고, 작은 선택을 지지하는 일. 타인의 이해보다 중요한 건 내가 나를 이해하고 있다는 감각이다. 그 감각이 내 삶의 중심을 세운다.

자신을 믿는다는 건 완벽을 기대하지 않는 태도다. 부족함을 품고도 나의 가능성을 보는 것. 실패해도 다시 시작할 수 있다는 믿음이 있다면, 어떤 상황도 끝은 아니다. 그 믿음이 나를 지켜낸다.

우리는 자주 외부의 시선으로 나를 평가한다. 하지만 진짜 자존감은 내가 내 편이 될 때 생긴다. 세상의 칭찬보다 강한 힘은, 흔들릴 때 나를 붙잡아주는 내 안의 시선이다. 나를 믿는 마음이 다시 걸음을 가능하게 한다.

자기 신뢰는 기분이 좋을 때만 필요한 감정이 아니다. 오히려 흔들리고 지칠수록 더 절실한 말이다. "괜찮아, 나는 나를 믿어." 이 한마디가 등을 지켜주는 순간은 반드시 온다. 그것이 진짜 힘이다.

내가 나를 믿지 않으면 아무도 대신 믿어줄 수 없다. 타인의 인정은 사라질 수 있지만, 내 안의 확신은 남는다. 결국 나를 지켜내는 힘은 외부가 아닌 나 자신에게서 시작된다.

당신이 흔들리는 순간에도 끝내 스스로를 믿어줄 수 있기를 바랍니다.

나는 나의 기준으로 살아간다

누군가의 기준에 맞춰 살다 보면, 문득 내가 누구인지 혼란스러워진다. 잘해도 부족하고, 칭찬받아도 허전하다. 타인의 기대 속에서 나의 마음은 점점 작아진다. 그렇게 우리는 남의 인생에 나를 맞추기 시작한다.

사르트르는 "실존은 본질에 앞선다."라고 말했다. 우리는 어떤 역할보다 먼저 존재하는 사람이다. 그 말은 정해진 틀보다 나 자신이 더 우선이라는 뜻이다. 나로 살아가기 위해선 내 삶의 기준부터 세워야 한다.

자기 기준을 이해하는 건 결코 쉬운 일이 아니다. 세상은 끊임없이 비교하고 방향을 제시한다. 하지만 남의 기준은 결국 남의 삶에 어울리는 옷이다. 나에게 맞지 않는 옷을 억지로 입고 살아갈 이유는 없다.

기준이 내 안에 있는 사람은 조용하지만 단단하다. 속도가 느려도 방향이 분명하고, 흔들려도 무너지지 않는다. 그런 삶은 때로 외롭지만, 동시에 가장 자유롭다. 그 자유가 삶을 진실하게 만든다.

자신을 신뢰하는 사람만이 자기 기준을 지킬 수 있다. 남의 인정은 일시적이지만, 내 안의 확신은 시간이 갈수록 더 깊어진다. 내가 나의 삶을 믿는 순간, 흔들리는 외부에서도 중심을 잡을 수 있다.

타인의 삶은 참고일 뿐 정답이 아니다. 기준은 외부가 아니라 내면에서 만들어야 한다. 나만의 실패, 나만의 기쁨, 나만의 경험에서 비롯된 기준은 가장 믿을 만하다. 그래서 더욱 흔들리지 않는다.

혼란스러운 시대일수록 중심이 필요하다. 중심은 곧 기준이고, 그 기준은 나를 나답게 만든다. 누구의 삶에도 휘둘리지 않고, 나의 속도로 걸어가는 길. 나는 그 길을 선택하고 있다.

세상이 정한 길보다, 당신 안의 기준을 따르는 삶이 더 단단합니다.

느리지만 나는 내 속도로 살아간다

속도는 자주 비교의 기준이 된다. 얼마나 빨리 성과를 냈는지, 언제까지 무엇을 해냈는지에 따라 평가가 갈린다. 그 틈에서 나는 종종 조급해지고, 자신을 스스로 채찍질하게 된다. 그렇게 내 걸음은 자꾸만 삶의 흐름과 어긋난다.

메이 사톤은 말했다. "서두르지 않아야 도달할 수 있는 삶도 있다." 그 말은 나에게 멈춰도 괜찮다는 여백을 허락해 주었다. 지금 이 속도가 나에게 가장 알맞은 리듬일 수 있다는 사실은, 조급했던 내 마음을 조용히 내려놓게 했다. 빠르지 않아도 충분히 제시간에 도달할 수 있다.

내 속도는 남과 다르다. 어떤 날은 단숨에 달릴 수 있고, 어떤 날은 겨우 한 걸음만 내디딘다. 하지만 그 느리고 불규칙한 걸음도 결국 나의 삶을 구성한다. 중요한 건 그 모든 속도를 내가 인정할 수 있는가이다.

삶은 반드시 빨라야 할 필요가 없다. 잠시 멈춰 서서 하늘을 올려다보는 순간에도 삶은 계속 흐른다. 놓치는 것 없이 살기 위해선, 오히려 속도를 늦춰야 할 때도 있다. 빠름은 종종 많은 것을 스쳐 지나가게 만든다.

나는 이제 내 속도를 존중하기로 했다. 더 이상 남의 시계에 맞춰 서두르지 않는다. 내가 갈 수 있는 만큼, 내 걸음에 맞춰 하루를 살아간다. 그럴 때 비로소 마음이 덜 흔들린다.

타인의 속도와 비교하지 않을 때, 비로소 내 걸음에 집중할 수 있다. 누군가는 나보다 앞서 있지만, 그 길은 나의 길이 아니다. 삶은 경주가 아니라 여정이고, 각자의 리듬이 있다. 내 리듬에 맞춰 사는 삶이 가장 오래간다.

지금의 속도가 느리다고 불안해할 필요는 없다. 그 속도로도 충분히 삶은 나를 데리고 갈 것이다. 천천히 걷는 길에는 천천히 피어나는 풍경이 있다. 빠름만이 성취는 아니다.

나는 오늘도 나의 속도로 살아간다. 더디더라도 흔들리더라도, 이 걸음이 나를 가장 나답게 만든다. 나에게 어울리는 리듬으로, 내 삶을 걷는다. 그 삶은 천천히 가지만 깊게 자라난다.

지금 당신의 걸음이 느려 보여도 괜찮습니다. 그 속도가 당신을 지키고 있으니까요.

그럼에도, 다시 시작하는 용기

삶은 늘 계획대로 흐르지 않는다. 애쓴 만큼 결과가 따라주지 않고, 마음 먹은 대로 되지 않는 날들이 쌓인다. 그러다 보면 다시 시작한다는 말조차 버겁게 느껴진다. 실패보다 더 아픈 건 아무것도 시도할 용기가 나지 않는 순간이다.

니체는 말했다. "왜 살아야 하는지를 아는 사람은 어떤 '어떻게'도 견딜 수 있다." 다시 시작하는 힘은 결국 내 안에서 출발한다. 방향이 있다면 쓰러져도 일어설 수 있고, 그 이유 하나가 삶을 끝내 지켜준다.

누구에게나 무너지는 날은 있다. 중요한 건 그 자리에 머물 것인지, 다시 걸을 것인지다. 타인의 격려보다 더 필요한 건 자신을 향한 응원이다. 그 작은 다짐이 또 한 걸음을 가능하게 한다.

처음보다 다시 시작이 더 어렵다. 같은 실패를 반복할까, 같은 상처를 또 받을까봐 두렵기 때문이다. 하지만 우리는 이미 한 번은 일어나 본 사람이다. 그 사실이 다음 걸음을 가능하게 만든다.

새로운 시작은 언제나 조용하다. 큰 결심이 아니라, 혼잣말처럼 속삭인 문장 하나. 작고 흔들리는 마음이지만, 그 마음이 끊어지지 않는 한 삶은 계속 이어진다. 새로운 시작은 작아도 단단하다.

누가 알아주지 않아도 괜찮다. 아무도 응원하지 않아도, 내 안에 있는 조용한 용기 하나면 충분하다. 그 용기는 과거의 상처를 통과하며 자라고, 내일의 가능성으로 이어진다. 다시 믿어보겠다는 마음이 변화의 시작이다.

포기하지 않겠다는 외침보다, "다시 해볼게요."라는 말이 더 아름답다. 완벽하지 않아도, 더디더라도, 다시 시작하겠다는 의지가 있는 한 우리는 앞으로 나아간다. 그 마음이 오늘의 나를 구원한다.

당신이 상처를 안고도 다시 시작하기로 한 그 결심, 그게 진짜 용기입니다.

꿈이 멀어질수록 마음은 가까워진다

≪라라랜드≫의 마지막 장면, 미아와 세바스찬은 결국 각자의 길을 걷는다. 꿈은 이루어졌지만, 함께할 수는 없었다. 그 장면은 말없이 묻는다. "이루지 못한 것이 실패일까, 아니면 그 꿈을 향해 걸어간 시간이 전부일까?"

실패는 목표에 도달하지 못한 것이 아니라, 도전하지 않았던 시간에 있다. 우리가 무너졌던 그 자리에 의미가 남는 이유는, 그 길 위에서 진심을 다해 걸었기 때문이다. 실패한 꿈도 삶을 풍요롭게 만든다. 때론 더 깊이.

희망은 꿈이 이루어졌을 때보다, 꿈을 향해 나아갈 때 더 선명하게 빛난다. 그 여정 속에서 우리는 삶을 배운다. 좌절 속에서도 다시 해보려는 마음, 잠시 무너져도 다시 바라보는 시선. 그런 희망이 결국 우리를 일으킨다.

용기는 꿈을 크게 꾸는 것이 아니라, 무너진 뒤에도 다시 시작하는 것이다. 내 뜻대로 되지 않았다고 해서 인생이 틀어진 것은 아니다. 라라랜드는 말한다. "그 모든 시간이 진짜였고, 아름다웠다."라고.

의미 있는 삶은 성공의 결과보다도, 그 과정에서 어떤 마음으로 살아냈는가에 있다. 반드시 꿈이 이뤄져야만 가치 있는 게 아니다. 때로는 그리워하는 일, 붙잡았던 마음, 그 모든 감정이 삶을 완성해 간다.

우리는 모두 언젠가는 선택하지 않은 삶과 마주하게 된다. 하지만 그때 후회보다도 따뜻한 마음이 남는다면, 이미 잘 살아낸 것이다. 꿈이 멀어졌다고 해도, 그 꿈을 간직했던 내가 남아 있으니까.

삶은 완벽하게 맞춰진 퍼즐이 아니다. 불완전한 조각들이 모여 가장 나다운 그림을 만들어낸다. 그렇게 우리는 꿈을 이루지 못했을지라도, 꿈을 향해 나아간 마음만큼은 오래도록 삶을 밝히게 된다.

당신이 이루지 못한 그 꿈을 향해 걸어간 모든 순간이, 여전히 당신의 삶을 깊고 아름답게 비추고 있었습니다.

끝까지 간 사람만이 보는 풍경

살다 보면 포기하고 싶은 날이 있다. 왜 이렇게까지 해야 하나 싶은 마음이 들고, 아무리 해도 나아지지 않는 것 같아 무력해진다. ≪달까지 가자≫는 그런 마음속에서 말한다. "지금 그만두면 여기까지가 끝이다. 하지만 조금만 더 가면, 다른 세상이 열린다."

끝까지 가본 적이 있던가. 많은 사람은 중간에 포기한다. 너무 힘들어서, 너무 외로워서. 하지만 끝까지 가본 사람만이 안다. 거기서만 볼 수 있는 풍경이 있다는 걸. 지금은 상상도 할 수 없는 장면이 기다리고 있다는 걸.

희망은 과정의 끝이 아니라, 그 과정을 견딘 사람에게 주어지는 선물이다. 오늘이 너무 고단하고, 어두워서 앞이 보이지 않는다면, 그것은 오히려 빛이 가까워졌다는 증거일지도 모른다. 가장 어두운 밤이 지나야 해가 뜬다.

회복은 급격한 반전이 아니다. 포기하지 않고 하루를 더 살아내는 힘에서 온다. 누구도 대신 걸어줄 수 없는 길을, 묵묵히 끝까지 걷는 것. 그 자체가 당신을 변화시킨다. 그리고 그 변화는, 삶 전체의 결을 바꾼다.

삶의 진짜 의미는 도중에 멈췄을 땐 알 수 없다. 다 와본 사람만이 그 의미를 이야기할 수 있다. 끝까지 가는 힘은 남보다 뛰어나서 생기는 게 아니다. 그저, 오늘 하루 더 버티기로 결심한 마음이 만든다.

자신감은 그 길을 완벽히 알아서가 아니라, 완벽하지 않아도 가겠다는 태도에서 생긴다. 흔들리면서도 걷는 걸음, 불안하면서도 내딛는 발걸음. 그 모든 시간이 나를 단단하게 만든다. 당신은 지금 그 길 위에 있다.

포기하고 싶었던 날이 지나고 나면, 내가 왜 그만두지 않았는지 알게 된다. 그 자리에 머물렀기에 볼 수 있었던 빛, 그 자리에서 견뎌냈기에 마주할 수 있었던 풍경. 그건 기다린 사람만의 몫이다.

끝까지 걸어온 당신의 걸음이, 결국 가장 먼 곳까지 당신을 데려가고 있었습니다.

끝난 줄 알았던 곳에서 다시 시작되었다

살다 보면 끝났다고 느껴지는 순간이 온다. 더는 회복할 수 없을 것 같고, 다시는 웃을 수 없을 것 같다. 모든 것이 무너진 자리에 홀로 남겨진 듯한 느낌. 그럴 땐 한 발짝 내딛는 것조차 버겁다.

실패는 늘 큰 소리로 다가온다. 성과가 없을 때, 관계가 멀어졌을 때, 마음이 지쳐버렸을 때. 그럴 때면 모든 게 의미 없어 보인다. 하지만 그 자리에 멈춰 선 순간, 삶은 다시 시작되고 있었다.

김용택 시인은 "삶은 끝났다고 말하는 자리에서 다시 시작된다."라고 했다. 그 말은 내게 오래 남았다. 진짜 끝이란 존재하지 않는다는 사실. 마음만 있다면 어떤 자리도 다시 시작의 이름이 될 수 있다.

우리는 자주 결과로 모든 걸 판단한다. 실패는 낙오처럼 보이고, 느린 속도는 무능처럼 느껴진다. 하지만 멈춰 있던 그 순간이 오히려 나를 바꾼 시간이었다. 아무것도 하지 못한 시간이 마음을 자라게 했다.

끝에서 다시 시작된 경험은 더 깊다. 같은 길도 더 조심히 걷게 되고, 같은 실패도 덜 두렵다. 다시 시작하는 마음은 한층 단단해져 있다. 넘어졌던 만큼 더 크게 숨을 쉬게 된다.

사람은 누구나 다시 시작할 수 있다. 단지 그 시작이 조용할 뿐이다. 외치는 다짐보다 조용한 결심이 더 오래간다. 무너졌던 그 자리에 다시 피어나는 마음, 그게 진짜 용기다.

나는 끝난 줄 알았던 자리에서 다시 걸었다. 돌아보면 그 시간이 나를 만들었다. 다시 걷기까지 오래 걸렸지만, 멈추지 않은 마음은 나를 배신하지 않았다. 이제는 그 자리마저 고맙다.

우리는 계속 살아간다. 그리고 때로는 끝에서 다시 열린다. 오늘을 걷는 당신의 발끝에도, 내일이 자라고 있다. 그러니 너무 걱정하지 않아도 괜찮다.

끝났다고 느낄 때마다 기억하세요, 삶은 거기서부터 다시 시작됩니다.

4장 당신은 소중한 존재입니다

나는 내가 믿는 사람으로 살아간다

누군가의 기준에 맞춰 살아가다 보면, 점점 나의 기준이 희미해진다. 칭찬에 들뜨고, 비난에 무너지는 나를 보며 자존감은 점점 흔들린다. ≪자존감 수업≫은 말한다. "자신을 스스로 믿는 사람이 되는 것이, 가장 강력한 자기 돌봄이다."

자신감은 단단한 믿음에서 자란다. 그 믿음은 잘났다는 확신이 아니라, 실수해도 괜찮고, 부족해도 괜찮다는 받아들임에서 출발한다. 나를 있는 그대로 인정할 때 비로소 생기는 용기. 그 용기가 흔들리는 나를 다시 붙잡는다.

회복은 외부의 격려가 아니라, 내 안의 다정한 응원에서 시작된다. "지금의 나도 충분하다."라는 속삭임이 들리는 순간, 방향을 잃은 마음도 제자리를 찾는다. 그 한마디가 다시 걸을 힘이 되어준다.

나는 어떤 사람이 되고 싶은가. 남들이 좋아할 만한 사람, 실수하지 않는 사람, 완벽해 보이는 사람? 아니면 내 기준을 알고, 내가 옳다고 믿는 방향으로 천천히 나아가는 사람? 삶은 결국 내가 나에게 어떤 사람인지에 따라 달라진다.

내면의 성찰은 거창한 질문에서 시작되지 않는다. 그저 매일의 삶에서 "나는 지금 어떤 선택을 하고 있는가?"를 묻는 것. 그 물음에 솔직하게 대답할 수 있다면, 우리는 자신을 스스로 지켜낼 수 있다. 자존감은 그 정직함에서 자란다.

자신을 믿는다는 건 외롭지 않은 선택이다. 아무도 알아주지 않아도, 내가 알고 있으니까. 아무도 지지하지 않아도, 내가 나의 편이 되어줄 수 있으니까. 그 믿음은 어떤 비난도 뚫고 나갈 수 있는 방패가 된다.

우리는 자신을 배신하지 않는 삶을 살아야 한다. 그게 자존감이고, 삶을 주도하는 힘이다. 그 힘이 있어야 흔들리지 않고, 내 삶을 스스로 선택할 수 있다. 자기 인생의 방향을 스스로 잡는 사람, 그 사람이 결국 자신을 지켜낸다.

당신이 믿는 모습으로 살아가려는 그 다짐이, 당신을 가장 단단하게 만들어주고 있었습니다.

내가 나를 포기하지 않는 한

누구나 한 번쯤은 자신을 의심한다. '이게 맞는 길일까?', '나는 왜 이 모양일까?' 하는 마음이 올라올 때, 자존감은 쉽게 흔들린다. 하지만 팀 페리스는 말한다. "내가 나를 믿지 않으면, 아무도 대신 믿어줄 수 없다."

실패는 누구에게나 찾아온다. 중요한 건 그 실패 앞에서 나를 어떻게 대하느냐이다. 포기한 건 상황이 아니라 스스로에 대한 믿음일 때가 많다. 그렇기에 다시 시작하려면, 가장 먼저 나를 용서하고, 다시 나를 믿어야 한다.

자신감은 잘해서 생기는 게 아니다. 넘어져도 괜찮다고 말해주는 마음, 다시 해보겠다는 용기, 그 마음에서 시작된다. 누구도 완벽하지 않다. 잘하려고 애쓴 그 자체가 이미 충분히 의미 있고, 소중하다.

삶이 힘든 순간, 우리가 지켜야 할 단 한 가지가 있다면 그것은 '나에 대한 믿음'이다. 세상이 등을 돌려도, 내가 나를 지지하면 다시 일어설 수 있다. 그 믿음이 바닥을 딛게 하고, 다시 걸음을 옮기게 만든다.

성장은 조용히 이루어진다. 티 나지 않는 반복 속에서, 자신을 스스로 놓지 않는 마음에서 자란다. 누군가 알아주지 않아도 괜찮다. 내가 알고 있으면 된다. 나는 계속 나아가고 있고, 그 사실만으로도 충분히 잘하고 있다.

비교는 자존감을 갉아먹는다. 다른 사람의 속도를 보며 초조해지기보다, 나만의 흐름을 믿어야 한다. 남보다 늦어도 괜찮다. 중요한 건 방향이고, 내가 나를 포기하지 않는 것이다. 그 마음이 결국 나를 원하는 곳까지 데려간다.

누군가를 위로하는 것처럼 나를 위로해 보자. "괜찮아, 다시 시작하면 돼." 이 말을 매일 스스로에게 해주자. 그러다 보면 어느새 진짜로 괜찮아져 있다. 변화는 그렇게, 나 자신에게 다정한 하루하루에서 시작된다.

당신이 자신을 놓지 않았기에, 오늘도 삶은 당신을 앞으로 이끌고 있습니다.

내가 나에게 건네는 말 한마디

우리는 하루에도 수없이 많은 말을 한다. 누군가에게 인사를 건네고, 설명하고, 농담을 나눈다. 그런데 정작 나 자신에게는 어떤 말을 하고 있는지 돌아본 적이 있을까. 마음속에서는 종종 냉정한 말이 먼저 떠오른다.

"왜 이것밖에 못 했어?" "역시 넌 안 돼." 무심코 내뱉는 말들이 하루의 끝에서 나를 가장 깊게 찌른다. 아무도 듣지 않은 혼잣말이지만, 그 말 한마디가 나를 가장 아프게 만든다. 나를 지치게 하는 건 결국 나 자신일 때가 많다.

내가 나에게 조금 더 다정해지기로 했다. 타인의 말보다 더 중요한 건 내가 나에게 건네는 말이다. "오늘도 수고했어." "충분히 잘했어." 그 짧은 말들이 쌓이면, 마음은 조금씩 가벼워진다. 따뜻한 말은 나를 안아주는 언어다.

사람을 살리는 말은 꼭 누군가의 입에서 나와야 하는 게 아니다. 나를 살리는 말도 내 안에서 시작된다. 내가 나를 비난할수록 마음은 움츠러들고, 다독일수록 다시 걷고 싶어진다. 결국 나를 가장 먼저 일으키는 건 나의 말이다.

자기에게 다정해지는 건 연습이 필요하다. 처음엔 어색하고, 부끄럽고, 가식처럼 느껴지기도 한다. 하지만 "괜찮아", "다시 하면 돼", "오늘도 잘했어." 그런 말들이 어느 순간 진심이 된다. 다정한 말은 나를 견디게 만든다.

우리는 자주 위로를 밖에서 찾는다. 하지만 가장 가까운 위로는 내 안에 있다. 나의 마음을 제일 잘 아는 내가, 나의 감정을 알아주기 시작할 때. 그 말 한마디가 어떤 격려보다 깊게 다가온다.

나는 오늘도 나에게 묻는다. "지금, 뭐가 힘들어?" 그리고 조용히 말해준다. "괜찮아, 너의 그 마음, 내가 알아." 그렇게 나는 나를 조금 더 다정하게 품는다.

당신이 가장 자주 들어야 할 말은, 당신이 스스로에게 건네는 말입니다.

나는 내가 꾸는 꿈을 믿는다

누구나 마음속에 하나쯤은 품고 있는 꿈이 있다. 하지만 그 꿈이 작거나 멀게 느껴지면, 우리는 그것을 환상이라 부른다. 현실을 핑계로 꿈을 밀어내고, 그걸 접는 게 어른스러운 일이라 믿게 된다. 그렇게 자신을 스스로 단념시킨다.

하지만 꿈은 쉽게 사라지지 않는다. 잊은 줄 알았던 마음 한구석에서 문득 되살아난다. 지나가던 풍경 하나, 우연히 들은 말 한마디 속에서 다시 꿈은 피어난다. 그건 끝난 게 아니라 여전히 나를 기다리고 있다는 신호다.

엘리너 루스벨트는 말했다. "미래는 자기 꿈의 아름다움을 믿는 사람의 것이다." 꿈을 믿는다는 건 결국 내 미래를 믿는 일이다. 타인의 시선이 아닌 내 안의 열망을 선택하는 것. 그 믿음이 길을 만들고, 그 길이 나를 이끈다.

꿈을 지키는 건 종종 외로운 일이다. 시작은 늘 알아주는 이 없고, 실패

114

는 반복되고, 속도는 더디다. 하지만 포기하지 않는 사람이 결국 꿈과 만난다. 꿈을 품고 있다는 것만으로도 우리는 이미 용기 있는 사람이다.

내가 꾸는 꿈은 단 하나뿐인 나만의 여정이다. 남과 비교할 수도 없고, 누구의 기준에도 맞출 필요가 없다. 나만이 이해할 수 있는 방향이 있고, 나만이 감당할 수 있는 의미가 있다. 그래서 꿈은 언제나 '나'에서 시작된다.

작은 꿈일수록 더 진지하게 지켜야 한다. 우습게 보일수록 내가 더 깊이 품어야 한다. 그것은 나에 대한 믿음이고, 삶을 향한 애정이다. 그 작은 열망이 오늘의 나를 버티게 한다.

나는 내가 꾸는 꿈을 믿는다. 아직은 멀고 아무것도 없어 보여도, 언젠가는 그것이 나를 데려다 줄 것을 안다. 꿈이 있다는 사실만으로도 나는 오늘을 살아갈 이유가 있다.

당신이 오늘 품고 있는 그 꿈 하나가, 내일의 당신을 가장 환하게 빛나게 할 것입니다.

나는 생각보다 괜찮은 사람이다

하루를 끝내고 나면 마음이 괜히 무거워질 때가 있다. 더 잘할 수 있었는데, 괜히 말했는데, 오늘도 뭔가 부족했다는 생각. 그렇게 나는 제일 먼저 나를 실망시키고, 가장 쉽게 깎아내린다. 스스로에게 가혹해질수록 자존감은 점점 작아진다.

하지만 조금만 돌아보면, 나는 생각보다 괜찮은 사람이다. 큰일은 못 했어도 누군가를 웃게 했고, 작은 실수에도 미안하다고 말할 줄 알았다. 하루를 버텨낸 마음 하나만으로도 충분히 단단했다. 그 마음은 박수받을 자격이 있다.

시인 이해인은 말했다. "괜찮다 괜찮다, 몇 번을 되뇌다 보면 마음이 가벼워진다." 이 말은 자신을 다독이는 주문처럼 다정하다. 괜찮다는 말은 완벽했다는 뜻이 아니라, 오늘을 포기하지 않았다는 의미다.

자꾸 부족하다고 느낄수록, 더 많이 나를 인정해 줘야 한다. 누구나 실수하고, 나 역시 완전한 사람은 아니다. 너무 높은 기준을 나에게만 들이대

116

면, 마음속 기쁨조차 말라버린다. 단단하면서도 따뜻한 시선을 스스로에게 보내야 한다.

나는 부족한 점도 있지만, 괜찮은 점도 분명히 있다. 아픔을 숨기지 않고 견디는 용기, 조용히 배려하는 마음, 무너지지 않으려 애쓰는 태도. 그런 것들이야말로 내가 괜찮은 사람이라는 분명한 증거다.

내 진심을 아는 사람은 결국 나뿐이다. 나를 믿어주지 않으면, 누구도 나를 진심으로 이해할 수 없다. 그 진심 앞에서 다시 일어설 수 있고, 다시 웃을 수 있다. 나는 내가 생각하는 것보다 더 잘하고 있다.

완벽하지 않아도 괜찮다. 조금 흔들려도, 조금 느려도, 나는 지금도 나답게 살아가고 있다. 그 사실을 잊지 않을 때, 나는 내 안의 빛을 다시 느낄 수 있다. 오늘의 나도 충분히 괜찮다.

지금의 당신도 괜찮습니다, 생각보다 훨씬 더 괜찮은 사람입니다.

나는 찬란하지 않아도 괜찮다

나태주 시인의 시 ≪「풀꽃」≫은 단 세 줄로 오래 남는다. "자세히 보아야 예쁘다. 오래 보아야 사랑스럽다. 너도 그렇다." 겉으로 드러나지 않아도 빛나는 존재들이 있다는 것을, 이 시는 조용히 말해준다. 그 말을 자주 흔들리는 우리 자신에게 가장 먼저 들려주어야 한다.

세상은 늘 밝고 빠르고 크기를 요구한다. 화려한 결과, 경쟁의 우위, 남다른 성취. 그 안에서 우리는 자주 작아진다. 더 나아야 한다는 부담은 조용한 나를 밀어내고, 비교는 나의 속도를 초조하게 만든다.

하지만 우리는 그 모든 틈바구니에서도 묵묵히 하루를 버텨왔다. 아무도 몰랐던 순간에 눈물 삼키며 말없이 견딘 밤들, 작지만 분명했던 친절의 선택들. 그 조용한 순간들은 충분히 나를 빛나게 만들어왔다.

빛남은 꼭 주목받는 것만을 뜻하지 않는다. 알아주지 않아도 꿋꿋이 피어난 하루, 아무 말 없이 지나온 날들의 축적. 그 모두가 삶의 찬란한 결을 이루고 있다. 나는 내가 살아낸 시간을 스스로 인정해 줄 수 있다.

자존감은 남의 시선보다 나의 감정에서 자란다. 들판의 풀꽃처럼 소리 없이 피어나도, 그 존재는 절대 작지 않다. 나는 세상의 기준이 아닌, 나만의 기준으로 살아가도 괜찮은 사람이다.

비교는 자주 마음을 흔든다. 하지만 삶은 누구와의 속도 경쟁이 아니다. 나의 흐름대로 살아가는 일, 그 자체가 용기다. 나만의 리듬을 존중하는 태도가 삶을 더 단단하게 만든다.

내가 내 삶을 증명할 방법은 거창하지 않다. 오늘 하루를 조용히, 그리고 성실하게 살아낸 일. 그 하루 안에는 나의 결, 나의 무게, 나의 진심이 담겨 있다. 나는 그 시간을 사랑할 수 있다.

나는 찬란하지 않아도 괜찮다. 조용히 살아낸 나의 하루는, 내가 나를 믿을 수 있게 해주는 가장 단단한 증거다.

오늘 하루를 조용히 살아낸 당신은, 그 자체로 더욱 빛나고 있었습니다.

나만 들을 수 있는 음악이 있다

《코다》의 주인공 루비는 청각장애인 가족 속에서 자란 유일한 청인이다. 가족을 사랑하면서도 자신의 음악을 포기하지 않기로 결심한 그녀는 말한다. "나는 내 노래를 듣는다." 그 말은 누군가의 기준이 아닌, 자신의 감각으로 삶을 살아가겠다는 선언이다.

용기란 누구와 다른 길을 걷는 데서 생긴다. 이해받지 못해도, 때로 외로워도, 내가 들을 수 있는 음악을 따라 나아가는 일. 그 음악이 바로 나의 삶이고, 나만의 진심이기 때문이다.

자신감은 모두가 손뼉 쳐 줄 때 생기는 게 아니다. 아무도 들어주지 않아도 내 노래를 부를 수 있을 때, 아무도 이해하지 못해도 내 감정을 지켜낼 수 있을 때, 그때 우리는 비로소 나를 신뢰하게 된다.

희망은 조용한 확신에서 피어난다. 누군가는 들을 수 없지만, 나는 분명히 느끼고 있는 진동. 그것이 삶의 리듬이고, 그 리듬은 언제나 나를 앞으로 이끈다. 작은 떨림이 결국 나의 무대가 된다.

성장은 남과의 비교가 아닌, 나만의 기준을 만들어가는 과정이다. 루비는 누구의 길도 아닌, 자기 목소리로 세상을 향해 나아간다. 그 걸음이 흔들려도, 멈추지 않으면 결국 나답게 도착할 수 있다.

세상은 종종 '정상'이라는 이름으로 삶의 기준을 만든다. 하지만 ≪코다≫는 말한다. 누구나 각자의 언어, 감각, 리듬을 가지고 있다고. 그리고 그 리듬대로 살아가는 사람이 결국 가장 아름다운 화음을 만든다고.

삶은 언제나 조율의 연속이다. 누군가에겐 불협화음처럼 들릴지 몰라도, 나에게만큼은 완벽한 선율일 수 있다. 중요한 건 그 소리를 끝까지 놓지 않는 것이다.

당신이 오늘 끝까지 들으려 한 그 삶의 리듬이, 조용히 당신의 세계를 울리고 있었습니다.

나무는 서두르지 않는다

나무는 빠르지 않다. 계절이 바뀌고, 해가 거듭돼도 조금씩 자란다. 하지만 언젠가 그늘을 만들고, 꽃을 피우고, 열매를 맺는다. 삶도 그렇다. 금방 변하지 않더라도, 우리가 하루하루 살아낸 시간은 분명히 자라고 있다.

희망은 지금 당장 무언가가 바뀌는 데 있지 않다. 나무처럼 서두르지 않아도, 시간은 삶을 자라게 만든다. 보이지 않더라도 분명히 진행되고 있는 변화, 그걸 믿는 마음이 결국 삶을 지탱한다. 기다림은 멈춤이 아니라 조용한 전진이다.

기다림은 쉽지 않다. 옆의 나무가 더 빨리 자라는 것처럼 느껴지고, 나는 뒤처지는 것처럼 보일 때가 있다. 하지만 뿌리를 깊이 내리는 시간은 위로 드러나지 않는다. 눈에 보이지 않아도, 나무는 그 안에서 자란다.

자기 돌봄이란, 나에게 맞는 계절을 받아들이는 일이다. 지금은 꽃이 피지 않는 시기일 수도 있다. 하지만 이파리가 없다고 해서 생명이 없는 게 아니듯, 지금 조용한 시간도 삶의 일부다. 돌봄은 속도를 인정하는 태도다.

의미 있는 삶은 누구보다 먼저 자라는 데 있는 것이 아니다. 천천히라도, 스스로 뿌리를 깊이 내리는 삶. 그 삶은 흔들림 없이 오래간다. 조용히 자기 방식대로 자라온 사람은 결국, 가장 자기다운 사람으로 남는다.

삶의 조급함은 스스로에게 무거운 짐을 지운다. 오늘 하루 자라지 않은 것 같아도, 그 자리에 서 있었던 시간 자체가 힘이다. 나무는 한자리에 멈춰 서 있었기에, 깊은 뿌리를 가질 수 있었다.

우리는 모두 저마다 다른 속도로 살아간다. 중요한 건 멀리 가는 것보다, 나에게 맞는 걸음으로 가는 것이다. 그 걸음이 나를 살리고, 그 속도가 나를 지켜준다.

당신이 오늘도 조용히 자리를 지켜낸 그 시간이, 천천히 삶을 자라나게 하고 있었습니다.

나에게 보내는 한 통의 편지

우리는 타인에게는 많은 말을 하지만, 정작 자신에게는 말이 없다. 편지를 쓴다면 누구보다도 먼저 나 자신에게 써야 한다. 잘 견뎌줘서 고맙다고, 그날의 슬픔을 넘겨줘서 수고했다고. 그런 말들이 때로 가장 큰 위로가 된다.

자기 돌봄은 꼭 무언가를 해주는 행위가 아니다. 마음속에 담긴 이야기를 꺼내 조용히 써보는 것. 그것만으로도 감정이 정리되고, 복잡했던 생각이 가라앉는다. 내게 쓴 편지는 나를 치유하는 가장 사적인 말들로 가득하다.

자존감은 그 편지를 읽는 순간 자란다. 남의 평가가 아니라, 내가 나에게 어떤 말을 건네고 있는지에 따라 달라진다. 자신을 따뜻하게 말할 수 있다면, 그 사람은 결코 쉽게 무너지지 않는다.

회복은 편지의 한 문장처럼 시작된다. "괜찮아, 다시 시작하면 돼." 그렇게 써 내려간 말은 나에게 돌아와 다시 숨 쉴 공간을 만들어준다. 마음이 막혔을 때, 내 목소리를 가장 잘 들어주는 사람은 결국 나 자신이다.

편지를 쓰는 일은 시간을 멈추는 일이다. 지금의 감정에 천천히 귀 기울이고, 그 감정을 정직하게 받아들이는 일. 그렇게 마음을 다뤄줄 수 있을 때 우리는 어지러운 삶 속에서도 다시 중심을 잡게 된다.

내면 성찰은 거창한 철학이 아니다. 다만 "오늘 하루 잘 버텼지?", "지금 이 감정, 너답다."와 같은 말들을 나에게 건네는 연습이다. 그 연습이 쌓이면, 우리는 더 이상 외롭지 않게 나와 함께 살아갈 수 있다.

누구에게도 보여주지 않을 그 한 통의 편지. 그 속에는 내 안의 나에게만 들리는 말들이 담긴다. 그 말들이 마음을 붙잡고, 지금의 나를 다시 일으킨다. 말 없는 울음 대신, 말 많은 위로가 되는 것.

당신이 오늘 자신에게 건넨 그 편지 한 줄이, 삶을 조용히 회복시키고 있었습니다.

내가 힘들 때 곁에 있어 준 사람

삶의 고비를 지날 때, 어떤 말보다 먼저 떠오르는 사람이 있다. 해답을 주진 않았지만, 그저 내 곁에 있었던 사람. ≪나는 내가 좋은 사람이면 좋겠다≫에서 말하듯, "좋은 사람이란 내가 가장 약할 때 조용히 함께 있어 주는 사람"이다.

우정은 많은 대화를 나누는 것이 아니라, 아무 말 없이도 편안할 수 있는 거리에서 자란다. 내가 힘들다고 말하기도 전에 그 눈빛 하나로 알아주는 사람. 그런 사람 한 명이 있다는 건 삶을 살아갈 큰 이유가 된다.

연대는 공감에서 시작된다. 다 알지 못해도, 다 해결하지 못해도 괜찮다. "그랬구나"라는 한마디, "그래도 내가 옆에 있어."라는 마음만으로도 사람은 다시 일어선다. 그 마음이 사람을 살리고, 관계를 이어준다.

사랑도 다르지 않다. 꼭 연인이 아니어도, 누군가에게 진심으로 "네가 괜찮아지길 바란다."라고 말할 수 있다면, 그것이 사랑이다. 그런 사람 곁에서는 힘들다는 말도 다정해진다. 그 말 속에 내가 살고 있음을 느낀다.

힘든 날은 특별한 사람을 가려낸다. 모두가 사라진 자리에서도 남아 있는 사람, 멀리 있어도 마음이 전해지는 사람. 그 사람과의 시간은 오래 가지 않아도 깊다. 진심은 말보다 먼저 도착한다.

때로는 그 사람이 되어주는 것도 필요하다. 말없이 듣고, 조용히 기다려주고, 묻지 않고 곁을 내주는 사람. 그런 존재가 되는 것만으로도 우리는 누군가의 삶에 빛이 된다. 우리가 할 수 있는 최고의 위로다.

힘든 순간을 지나면 결국 남는 건 그 사람이었다는 기억이다. "그때 너 덕분에 버텼어." 이 한마디가 전부다. 복잡한 인생에서 가장 단순하고 진실한 말. 그 말을 건네는 사람이 되고 싶은 마음이 우리를 사람답게 만든다.

당신이 조용히 곁에 있어 준 그 순간들이, 누군가에게는 세상을 견디게 해주는 이유였습니다.

나를 사랑하는 연습부터 시작합니다

우리는 참 많은 사람을 챙기며 살아간다. 친구의 고민을 들어주고, 가족의 걱정을 먼저 헤아린다. 그러다 문득 돌아보면, 정작 나에게는 한 번도 "괜찮아?"라고 묻지 않았다는 걸 깨닫는다. 정여울 작가는 말한다. "가장 필요한 말은, 내가 나에게 해야 할 말이다."

자기 돌봄은 거창한 일이 아니다. 배고프면 밥을 챙겨 먹고, 힘들면 자신을 스스로 다독이는 일. 지친 날, 조금 더 쉬어 가자고 말해주는 다정한 태도. 그것이 진짜 사랑의 시작이다. 나에게 너무 인색했던 마음부터 풀어줘야 한다.

타인을 사랑하려면, 먼저 나를 사랑할 수 있어야 한다. 내가 비어 있다면, 아무리 애써도 진심이 흐르기 어렵다. 우정도, 연대도, 이해도 모두 자기 수용에서 출발한다. 나를 미워하면서는 그 누구도 온전히 받아들일 수 없다.

내면의 목소리에 귀를 기울이는 건 처음엔 낯설 수 있다. 하지만 그 목소리야말로 나를 가장 잘 아는 말이다. 가끔은 거울 앞에서 스스로에게 "오늘도 수고했어."라고 말해주자. 그 한 문장이 상처 난 마음을 다시 꿰매 줄지도 모른다.

사랑은 내가 누군가를 위해 어떤 일을 했느냐보다, 내가 나에게 어떤 태도로 살아왔느냐에 더 많이 달려 있다. 나를 잘 돌보는 사람은 타인을 돌보는 데에도 서툴지 않다. 내 안의 다정함이 바깥으로 스며드는 것이다.

우정도 마찬가지다. 좋은 친구가 되고 싶다면, 나에게 먼저 친구 같은 사람이 되어야 한다. 실수해도 이해해 주고, 지쳤을 땐 곁을 내주며, 혼자 있을 땐 말 없이 함께 있어 주는 존재. 나에게 그런 사람이 되어보자.

자기 사랑은 외롭지 않기 위한 방어가 아니다. 진짜 외로움을 견디게 하는 자양분이다. 자신을 스스로 돌보고 사랑할 수 있는 사람은 어떤 상황에서도 무너지지 않는다. 그 사람은 자기 안에 집을 짓고, 그 안에서 쉼을 얻는다.

당신이 오늘 자신에게 건넨 다정한 말 한마디가, 내일의 당신을 더 깊이 사랑하게 할 것입니다.

내 마음을 무시하지 않기로 했다

살다 보면 마음이 아픈데도 모른 척하게 되는 날이 있다. 바쁘다는 핑계로, 별일 아니라는 이유로 나의 감정을 미뤄둔다. ≪오늘은 이만 좀 쉴게요≫는 그런 우리에게 속삭인다. "당신의 감정은, 당신이 가장 먼저 알아봐야 할 것입니다."

자기 돌봄은 피로를 느낄 때 쉬어 가는 것, 눈물이 날 때 그냥 울어주는 것이다. 회복은 그런 사소한 인정에서 시작된다. 나의 마음을 무시하지 않는 것, 그것이야말로 가장 단단한 회복의 첫걸음이다.

자존감은 거창한 자기 계발이 아니라, 조용한 자기 수용에서 자란다. 오늘 하루 내가 느낀 감정들, 내가 지나친 생각들, 그 모든 것을 내 편으로 받아들이는 일. 그것이 자신을 지켜주는 마음의 울타리가 된다.

내면을 돌본다는 건, 내 감정과 가까워진다는 뜻이다. 왜 슬픈지, 왜 지치는지, 왜 아무 말도 하기 싫은지를 들여다보는 시간. 그 시간을 피하지 않을 때, 우리는 비로소 나다운 삶을 시작할 수 있다.

의미 있는 삶은 꼭 멋지거나 눈부실 필요 없다. 오히려 솔직하게 오늘의 나를 돌보는 태도 속에 깊이 자리하고 있다. 자신을 스스로 살피고 지켜보는 그 하루하루가 쌓여, 결국 나라는 사람을 만들어낸다.

감정을 억누르는 건 강함이 아니다. 오히려 그 감정을 인정하고, 그 안에서 나를 꺼내 주는 사람이 진짜 강하다. 오늘 하루가 무너졌다면, 내일은 그 마음을 다정하게 껴안는 일부터 다시 시작해보자.

누군가의 마음을 이해하기 위해서도, 먼저 내 감정을 돌볼 줄 알아야 한다. 그렇게 자신을 스스로 돌보는 사람이 타인에게도 따뜻할 수 있다. 그 연습이 쌓이면 삶은 훨씬 더 단단해진다.

당신이 오늘 외면하지 않은 그 감정 하나가, 당신의 삶을 천천히 회복시키고 있었습니다.

내가 나를 사랑하기 시작한 날

사랑은 늘 누군가를 향한 감정이라고만 생각했다. 하지만 ≪미움받을 용기≫는 말한다. "타인의 인정을 구하지 않고 살아가는 것, 그것이야말로 나를 사랑하는 첫걸음이다." 진짜 사랑은 밖이 아니라 내 안에서 시작된다.

자존감은 누구에게 인정받아야만 생기는 것이 아니다. 오히려 인정받으려 할수록 나를 잃는다. 내가 나를 받아들이고, 내가 나를 지지할 때 비로소 생기는 것이 자존감이다. 나를 사랑하는 일이 가장 단단한 회복이다.

자기 돌봄은 '괜찮아 보이기'가 아니라 '진짜 괜찮은 나'를 만드는 일이다. 피로를 무시하지 않고, 마음의 경고음에 귀 기울이는 태도. 그 진심이 쌓여 자신을 향한 애정이 된다. 자신을 스스로 아껴주는 사람은 쉽게 무너지지 않는다.

내면을 들여다보는 건 쉽지 않다. 나의 못난 구석과 마주하고, 감추고 싶었던 감정들을 꺼내야 하기 때문이다. 하지만 그 과정을 피하지 않았을 때, 우리는 진짜 나를 알게 된다. 그 순간부터 비로소 사랑이 시작된다.

타인의 기준에서 벗어날 때 비로소 자유로워진다. 내가 좋아하는 방식으로, 내가 편안한 속도로, 내가 원하는 모습으로 살아가겠다고 결심하는 것. 그 결심이 나를 나답게 만든다. 나를 사랑하는 일은 타협이 아닌 선언이다.

완벽한 나만 사랑하는 게 아니라, 흐트러진 나도 받아들이는 것. 그게 진짜 사랑이다. 그런 사랑을 스스로에게 줄 수 있어야, 우리는 비로소 덜 흔들리게 된다. 그 다정함이 내 안에 있는 힘이 된다.

사랑은 멀리 있지 않다. 매일 아침 나를 챙기고, 실수한 날에도 나를 미워하지 않고, 거울 속의 나에게 "괜찮다"라고 말하는 일. 그 반복이 나를 바꾼다. 내가 나를 사랑하기로 한 그날이 인생을 바꾸는 첫날이다.

당신이 자신을 사랑하기로 결심한 그 순간부터, 삶은 조금씩 당신의 편이 되어주고 있었습니다.

나는 내가 되는 중입니다

어느 순간부터 나는 내가 아닌 것 같았다. 누군가의 기대에 맞춰 말하고 행동하며, 점점 나를 잃어갔다. ≪아직, 나답게 살고 싶습니다≫는 그 감정을 정면으로 마주한다. 그리고 조용히 말해준다. "조금 늦어도 괜찮다. 당신은 지금, 당신이 되는 중이다."

진짜 나답게 산다는 건 쉬운 일이 아니다. 세상의 기준은 늘 빠르고 높으며 완벽을 요구한다. 하지만 내 삶의 기준은 내가 정해야 한다. 다른 누구도 아닌 내가, 지금의 속도로, 지금의 마음으로 나를 살아가야 한다.

자신감은 타인의 칭찬이 아니라, 나를 인정하는 데서 자란다. "이 정도면 괜찮아."라고 말해주는 순간, 마음속에서 무너지던 자존감이 조금씩 회복된다. 남들과 다른 방향이어도, 그 길이 나를 닮아 있다면 충분하다.

용기는 선택의 문제다. 불안하더라도 내가 옳다고 믿는 길을 가는 것. 흔들리더라도 멈추지 않는 것. 누구에게 보이기 위한 삶이 아니라, 나를 위한 삶을 살아가기로 결심하는 것. 그 모든 다짐이 오늘의 나를 만든다.

회복은 결국 나에게 돌아오는 일이다. 너무 멀리 갔던 마음을 다시 붙잡고, 나의 중심으로 천천히 걸어오는 일. 외면했던 감정을 안아주고, 미뤄 두었던 진심을 꺼내 보는 시간. 그 조용한 과정이 나를 다시 살아가게 한다.

내면의 소리에 귀 기울이면 들려온다. 아직은 불안하지만, 그래도 괜찮다는 작은 속삭임. 나는 완성형이 아니라, 진행형이라는 위로가 된다. 누구보다 나에게 다정해야 하는 이유다.

삶은 내가 되어 가는 과정이다. 남이 정해준 기준에서 벗어나, 내가 인정하는 모습으로 살아가는 길. 그 길 위에서 만나는 나의 모습은, 언제나 조금 더 단단하고 조금 더 자유롭다. 나는 지금, 내가 되어 가는 중이다.

당신이 오늘 조금 더 당신답게 살아 내기로 한 그 마음이, 이미 충분히 용기 있는 선택이었습니다.

나를 용서하는 데는 시간이 걸린다

용서란 쉬운 일이 아니다. 특히 그 대상이 나 자신일 때는 더욱 어렵다. 잊고 싶은 기억, 되돌리고 싶은 말, 놓쳐버린 기회들. 나는 종종 그 장면에 멈춰 서서 나를 원망하곤 했다.

영화 ≪콜 미 바이 유어 네임≫에서 엘리오의 아버지는 말한다. "우리는 상처를 그냥 남겨두는 법을 배워야 해." 그 말은 상처를 억지로 덮는 게 아니라, 그 존재를 인정하는 태도가 회복의 시작임을 말해준다.

자기 용서는 잊는 것이 아니다. 그때의 나를 다정하게 이해하는 일이다. 왜 그런 선택을 했는지, 그때 나는 얼마나 외로웠는지, 감정을 천천히 되짚는 과정. 그것이 진짜 용서다.

나는 오랜 시간 동안 나를 용서하지 못했다. 후회와 자책이 나를 묶고 있었고, 자꾸만 그때로 돌아갔다. 그러나 결국 알게 되었다. 내가 나를 용서하지 않으면, 아무도 진짜로 나를 안아줄 수 없다는 걸.

용서는 완벽한 사람이 되는 과정이 아니다. 부족했던 나를 이해하고, 그 마음을 끌어안고, 다시 나를 믿기로 결심하는 일이다. 그 결심이 나를 다시 걷게 만든다.

어쩌면 우리는 모두 자신에게 가장 엄격한 사람일지도 모른다. 그래서 자기 용서는 시간이 걸린다. 하지만 그 시간을 견딜 수 있다면, 그 안에서 나는 조금씩 다시 살아난다.

과거는 바꿀 수 없지만, 그 시간을 대하는 마음은 바꿀 수 있다. 나는 나를 탓하는 대신, 그때의 나를 위로하기로 했다. 실수했던 나도, 무너졌던 나도, 결국 지금의 나를 만든 존재니까.

나를 용서하는 데는 시간이 걸린다. 하지만 그 시간을 내가 나와 함께 견뎌줄 수 있다면, 그건 이미 회복을 시작한 증거다.

자신을 스스로 용서하는 당신의 마음, 그건 가장 다정한 회복의 시작입니다.

5장 당신이 있어서 참 다행입니다

떨리는 목소리에도 용기가 있다

≪킹스 스피치≫에서 조지 6세는 심한 말더듬증으로 고통받는다. 하지만 그는 결국 대국민 연설의 무대에 선다. 완벽하지 않은 목소리였지만, 그 속엔 분명한 의지가 있었다. 그는 두려움 속에서 말했다. 그리고 사람들은 들었다.

자신감은 타고나는 것이 아니다. 말이 막히고 마음이 흔들려도, 나를 믿고 앞으로 나서는 데서 자란다. 떨리면서도 말하는 사람, 주저하면서도 움직이는 사람이야말로 진짜 용기를 가진 사람이다.

자존감은 나를 강하게 보이게 하는 게 아니라, 약한 나를 감추지 않는 데서 자라난다. 말이 서툴러도, 표현이 엉켜도, 그 안에 진심이 있다면 그것으로 충분하다. 진짜 나로 설 수 있다는 것, 그 자체가 자존감이다.

회복은 말문이 트이듯 시작된다. 오래 닫혀 있던 마음을 조금씩 열고, 내 목소리로 삶을 다시 불러보는 시간. 누군가의 도움이 필요할 수 있다. 하지만 결국 그 무대 위에 서는 건 나 자신이다. 회복은 나의 목소리로 완성된다.

용기는 사람들 앞에 서는 데 있는 게 아니다. 나의 두려움 앞에 서는 데 있다. 떨리는 마음, 굳는 손끝, 속에서 웅크린 목소리를 데리고 나오는 것. 그 모든 긴장에도 불구하고 나를 표현한다는 것이 용기다.

≪킹스 스피치≫는 보여준다. 말이 완벽하지 않아도, 메시지는 닿는다는 걸. 표현이 유창하지 않아도, 감동은 진심에서 비롯된다는 걸. 그렇게 우리는 다시 말할 수 있게 된다. 다시 나를 세울 수 있게 된다.

실패하고도 다시 말하는 사람은 이전보다 단단하다. 주저앉고도 다시 일어나는 사람은 이전보다 깊다. 회복이란 과정을 통과한 목소리는, 언제나 가장 멀리 울린다.

당신이 오늘 떨리는 목소리로도 말하기로 한 그 마음이, 삶을 다시 당신 편으로 이끌고 있었습니다.

밤이 깊을수록, 마음은 더 정직해진다

늦은 밤, 불 꺼진 거리와 가끔 스치는 자동차 소리. 시끄럽던 하루가 가라앉고 나면, 걷는 소리와 숨소리만이 나를 따라온다. 그 고요 속에서 우리는 하루 내내 미뤄뒀던 감정들과 마주하게 된다. 늦은 밤의 산책은 가장 솔직한 대화의 시간이다.

자기 돌봄은 그런 시간을 허락하는 일이다. 무언가를 하지 않아도 되는 시간, 누군가의 기대를 신경 쓰지 않아도 되는 공간. 밤거리를 걷는다는 건, 세상과 거리를 두고 나에게 다시 가까워지는 일이다.

내면 성찰은 거창한 사유가 아니라, 걷는 중에 흘러나오는 감정에 귀 기울이는 데 있다. 갑자기 떠오른 말 한마디, 문득 가슴에 얹힌 무게, 지금 이 순간 마주한 침묵. 그 모든 것이 나를 조금 더 나에게로 데려온다.

회복은 앉아 있는 시간보다 걸어가는 시간에 가깝다. 움직임은 정리를 부르고, 정리는 여백을 만들며, 여백은 숨을 쉬게 한다. 그 반복 속에서 마음은 조금씩 정돈되고, 다시 견딜 힘을 마련한다.

자존감은 남 앞에 서는 자세보다, 혼자 있을 때의 태도에서 만들어진다. 혼자 걷는 밤길이 불안하지 않다는 것, 나와 있는 시간이 버겁지 않다는 것. 그 조용한 안정감이 나를 단단하게 만든다.

삶은 늘 빠르게 움직이기를 요구하지만, 밤은 속도를 되돌려준다. 아무에게도 보여주지 않아도 되는 시간, 조명을 꺼도 괜찮은 자리. 거기서 나는 다시 나로 돌아올 수 있다.

밤이 깊을수록 마음은 더 정직해진다. 낮에는 하지 못했던 말들, 외면했던 감정들이 걸음마다 따라온다. 그것들을 마주하고도 계속 걸을 수 있다면, 우리는 조금 더 나아지고 있다.

당신이 오늘 늦은 밤 걸어간 그 조용한 길 위에서, 마음은 천천히 회복되고 있었습니다.

더 나아지지 않아도, 나는 괜찮은 사람입니다

우리는 끊임없이 '더 나은 나'를 요구받는다. 더 성숙해지고, 더 긍정적이며, 더 밝아져야 한다고. ≪온전한 나로 산다는 것≫에서 에이미 몰로이는 말한다. "지금 이 순간에도 나는 괜찮은 사람입니다." 나를 괜찮다고 인정하는 일이 삶의 출발점이 된다.

자존감은 더 나아지는 데서만 자라지 않는다. 변하지 않아도, 흔들려도, 가끔 무너져도 나를 미워하지 않는 마음. 그런 단단하고 조용한 자기 수용이 자존감의 본질이다. 성장보다 더 중요한 건, 지금의 나를 괜찮다고 믿는 태도다.

자기 돌봄은 나를 강요하지 않는 일이다. 억지로 웃지 않아도 되고, 억지로 버티지 않아도 된다. 오늘 하루 아무것도 하지 못했다면, 그 자체로 쉴 이유가 된다. 나를 몰아붙이는 대신, 나를 믿어주는 사람이 필요하다면, 그 첫 번째는 나 자신이어야 한다.

회복은 때로 멈춰 서는 데서 시작된다. 더는 나아가지 않아도 괜찮다고,

오늘 이 상태로도 나는 괜찮다고 스스로에게 말해주는 순간. 그 인정이야말로 마음을 다시 일으키는 가장 온화한 방식이다.

의미 있는 삶이란 완벽한 삶이 아니다. 크고 멋진 목표를 이루지 않아도, 단지 나로서 하루를 살아냈다는 것만으로도 충분하다. 지금 이 삶이 누군가의 기준이 아니라 나의 기준에서 의미 있으면, 그것이 바로 진짜 삶이다.

우리는 종종, 변화해야만 가치 있다고 믿는다. 하지만 모든 순간에 변화는 필요하지 않다. 지금의 나로도 괜찮다는 확신, 그 안에서 삶은 조용히 깊어지고 단단해진다. '더 나은 나'보다 '충분한 나'가 먼저다.

삶은 나를 시험하는 것이 아니라, 내가 나를 받아들일 수 있도록 계속 기회를 주는 것이다. 그 기회를 놓치지 않기 위해서 필요한 건, 자신을 다그치는 마음이 아니라 자신을 품어주는 용기다.

당신이 오늘 지금의 나로도 괜찮다고 말한 그 한마디가, 마음을 깊이 회복시키고 있었습니다.

넘어졌다면, 잘 가고 있는 거다

넘어진 순간, 우리는 본능적으로 멈춘다. "이 길이 아닌가?" "나는 부족한가?" 자책이 밀려온다. 하지만 ≪실패를 사랑하는 연습≫은 우리에게 묻는다. "넘어졌다는 건, 그만큼 나아갔다는 증거 아닌가요?" 멈춘 사람이 아니라, 가던 사람이 넘어지는 법이다.

실패는 방향을 틀라는 신호일 수 있고, 속도를 조절하라는 멈춤일 수 있다. 그러나 그것이 끝은 아니다. 실패 속에서 우리는 가장 나다운 길을 찾아간다. 잘하려고 애쓴 만큼, 실수도 있는 법. 그 모든 순간이 우리를 더 단단하게 만든다.

성공보다 실패에서 더 많이 배운다. 그때 진짜 내가 무엇을 원하는지, 어떤 선택을 할 때 더 아픈지를 알게 된다. 실수는 내 가능성을 제한하는 게 아니라, 내 안의 가능성을 더 넓히는 통로가 된다. 실패는 내가 시도한 삶의 기록이다.

자존감은 잘했을 때만 생기는 게 아니다. 잘 못했어도, 끝까지 책임지려는 마음에서 생긴다. 자신감도 마찬가지다. 흔들려도 괜찮다고, 이번엔 더 잘할 수 있다고 믿는 마음에서 출발한다. 나를 믿는다는 건, 실패까지 안아주는 용기다.

넘어지는 건 부끄러운 일이 아니다. 오히려 그건 내가 살아 있는 증거다. 시도하지 않는 사람은 넘어지지도 않는다. 그러니 지금 아픈 건 잘못이 아니다. 그건 용기를 냈다는 증거이고, 성장하고 있다는 징후다.

실패를 겪는 동안 우리는 성급하게 자기 자신을 밀어낸다. 하지만 진짜 필요한 건, 그 실패 속의 나를 안아 주는 일이다. 실패한 나도 여전히 괜찮다고 말해주는 것. 그 다정함이 있어야 다시 일어설 수 있다.

어쩌면 실패는 우리를 더 깊게 만들어주는 선물이 될 수 있다. 그 속에서 배운 것들은 어떤 성공보다 오래간다. 괜찮다. 넘어졌다는 건, 적어도 내가 계속 걸어가고 있었다는 뜻이니까. 그리고 다시 일어날 수 있다는 뜻이기도 하다.

넘어진 그 자리에서 다시 일어나려는 당신, 이미 충분히 용기 있는 사람입니다.

넘어졌던 자리에서 다시 걷기 시작했다

살다 보면 걸음이 멈추는 순간이 있다. 길을 잃은 것처럼, 어디로 가야 할지 모를 때가 있다. ≪다시, 걷기 시작했다≫는 그 순간에 대해 말한다. "중요한 건 얼마나 멀리 왔는가가 아니라, 멈춘 자리에서 다시 걸을 수 있는가다."

실패는 종종 우리를 그 자리에 주저앉힌다. 자신감도, 의욕도 함께 무너질 때 우리는 두려움을 느낀다. 하지만 진짜 성장은 그 두려움과 함께 다시 한 걸음을 떼는 데서 시작된다. 멈췄던 자리에서 다시 걸으면, 그게 곧 회복이다.

용기는 거창한 결심이 아니다. "다시 한번 해보자"라는 아주 작은 의지, "이번엔 다르게 해보자"라는 소박한 태도. 그 마음 하나가 삶의 궤도를 바꾼다. 넘어졌던 자리에서 다시 걷는 사람은 이전보다 더 강해져 있다.

희망은 완벽한 상태에서 오는 게 아니다. 아직 불완전하지만 다시 일어나려는 마음, 흔들리지만 포기하지 않겠다는 결심. 그 마음이 희망이다.

우리가 계속 살아가는 이유이기도 하다.

실패는 부끄러운 일이 아니다. 누구나 실패하고, 누구나 다시 시작한다. 실패한 경험이 있기에 우리는 더 조심하고, 더 단단해진다. 그 경험이 삶을 더 깊이 있게 만든다. 그 실패는 절대로 낭비되지 않는다.

자신감을 잃었다면, 지금까지 버텨온 자신을 돌아보자. 흔들리고 멈췄어도, 여전히 여기 있다는 사실 자체가 대단하다. 내가 다시 일어설 수 있다는 가장 확실한 증거다. 지금의 나는, 넘어지기 전보다 더 성장했다.

사람은 누구나 자기만의 속도로 회복한다. 누구보다 느릴 수도 있고, 더 많은 시간이 필요할 수도 있다. 하지만 방향만 잃지 않았다면 괜찮다. 한 걸음씩, 다시 걸어 나가면 된다.

당신이 다시 걸음을 시작한 그 자리에서, 삶은 조용히 새로운 길을 열고 있었습니다.

따뜻한 물에 몸을 담그듯, 나를 쉬게 한다는 것

몸이 지치고 마음이 흐트러질 때, 우리는 본능처럼 따뜻한 물을 찾는다. 아무 말 없이 몸을 담그고 있는 그 시간 동안, 생각들은 가라앉고 마음은 조금씩 풀린다. 따뜻한 물처럼 나를 쉬게 해주는 것, 그것이 자기 돌봄의 본질이다.

회복은 거창한 변화가 아니라, 조용한 휴식에서 비롯된다. 아무것도 하지 않는 시간, 아무에게도 해명하지 않아도 되는 공간, 그 안에서 마음은 천천히 정리된다. 물이 몸의 피로를 풀어주듯, 쉼은 마음의 매듭을 풀어준다.

내면 성찰은 따뜻함 위에서 가능해진다. 차갑고 빠른 하루 속에서는 감정을 꺼내 볼 여유조차 없다. 하지만 따뜻한 물속에 머무는 그 몇 분 동안, 나는 비로소 나의 감정을 들여다볼 수 있다. 그때 삶은 다시 부드러워진다.

작은 기쁨은 그런 순간에 숨어 있다. 바닥에 가라앉은 피로가 천천히 풀려나가는 느낌, 따뜻한 물이 몸을 감싸는 온도, 조용히 흘러가는 생각들. 그 사소한 감각들이 쌓여 삶을 다시 가볍게 만든다.

삶이 버거워질 때, 우리는 자주 나를 소외시킨다. "조금만 더 참고", "이 정도는 괜찮아."라며 마음의 경고를 지나친다. 하지만 내가 나를 돌보지 않으면, 누구도 나를 대신 돌봐 줄 수 없다. 쉼은 생존의 언어다.

나를 위한 시간은 결코 사치가 아니다. 그것은 다시 살아갈 에너지를 축적하는 과정이고, 삶을 다시 나에게로 돌리는 방식이다. 따뜻한 물이 한 사람을 살리듯, 그 시간도 나를 다시 살게 만든다.

우리는 누구보다 가까운 사람인 '자신'에게 가장 인색하다. 하지만 가끔은 그 마음에도 온기가 필요하다. 그저 따뜻한 물에 나를 담그듯, 있는 그대로의 나를 쉬게 해주는 순간이 필요하다.

당신이 오늘 자신을 쉬게 하기로 한 그 선택이, 조용히 당신을 회복시키고 있었습니다.

망설임 끝에 내디딘 그 한 걸음

새로운 것을 시작하기 전, 우리는 망설인다. '내가 잘할 수 있을까?', '실패하면 어떡하지?'와 같은 질문이 꼬리를 문다. 하지만 엘리너 루스벨트는 말한다. "매일 무서운 일을 하나씩 해보라." 그 한 걸음이 우리를 바꾼다.

용기란 겁이 없다는 뜻이 아니다. 두려운 줄 알면서도 그 방향으로 걸어보는 마음. 그 마음이 삶의 궤도를 조금씩 바꾼다. 작은 도전 하나가 나를 단단하게 만들고, 결국 내가 가고 싶은 곳에 가까워지게 한다.

실패는 그 걸음의 일부다. 넘어지지 않기 위해 가만히 있는 것보다, 넘어져도 걸어보려는 자세가 훨씬 멋지다. 자신감은 시도에서 오고, 시도는 언제나 불안함을 동반한다. 불안 속에서 해낸 일들은 반드시 내 것이 된다.

희망은 그렇게 쌓인다. 크지 않아도, 완벽하지 않아도 괜찮다. 단 한 번의 시도가 어제를 넘게 하고, 단 한 번의 용기가 내일을 만든다. 그 모든 변화는 단 하나의 망설임 끝에서 비롯된 걸음에서 시작된다.

우리는 종종 결과를 보며 용기를 재려 한다. 하지만 진짜 용기는 과정 그 자체다. 해냈다는 사실보다, 해보았다는 기록이 더 중요하다. 그 흔적이 남을 때, 우리는 더 이상 예전의 나로 돌아갈 수 없다.

자신을 믿는 건, 무조건 긍정적인 마음을 가지는 게 아니다. 망설이면서도 걸어보는 용기, 실패할 수 있음을 알면서도 시도하는 자세. 그 자세가 나를 한 뼘 자라게 만든다. 나는 내가 시도한 만큼 성장한다.

삶은 결코 예측대로 흘러가지 않는다. 그래서 우리는 걸어보는 것이다. 아주 조금씩, 그러나 분명히. 그 망설임 끝에 내디딘 발걸음이 언젠가 인생의 전환점이 될지도 모른다. 아니, 이미 그러고 있을지도 모른다.

당신이 망설임 끝에 내디딘 그 한 걸음이, 삶의 방향을 천천히 바꾸고 있었습니다.

달빛 아래에서야 비로소 보이는 것들

해가 지고 세상이 잠들 때, 달빛은 조용히 내려앉는다. 햇살처럼 강하지 않고, 불빛처럼 급하지도 않다. 그 은은한 빛은 오히려 눈에 잘 띄지 않지만, 그래서 더 많은 것을 보여준다. 달빛 아래에서 우리는 마음속을 들여다보게 된다.

내면 성찰은 한밤의 달빛처럼 시작된다. 번잡한 낮에는 미처 마주하지 못했던 감정들, 덮어두었던 생각들이 천천히 떠오른다. 달빛은 우리를 고요하게 만들고, 고요는 마음의 진실을 비춰준다. 그 밤이 지나면 우리는 조금 더 솔직한 내가 된다.

자기 돌봄이란, 그 고요한 시간을 받아들이는 태도다. 낮에는 하지 못했던 대화를 스스로와 나누고, 아무도 보지 않는 가운데 마음을 쉬게 해주는 일. 그 시간은 겉으로는 아무 일 없는 것 같지만, 속에서는 많은 일이 일어나고 있다.

회복은 늘 조용하게 진행된다. 큰 사건이나 극적인 계기로 일어나는 게 아니다. 달빛처럼 작고 묵직한 감정이 내 안에 머무를 수 있도록 허락하는 것. 그 다정한 여백이 삶을 다시 부드럽게 만든다.

달빛은 항상 거기에 있지만, 우리는 자주 그 존재를 잊고 산다. 내 감정도 그렇다. 늘 곁에 있지만 바쁨 속에 밀려나는 마음들. 밤이 되어서야, 조용해져야 비로소 보이는 나의 감정들. 그 감정들을 외면하지 말아야 한다.

삶은 빠르고 밝은 것만으로는 다 설명되지 않는다. 느리고 어두운 시간들도 삶의 절반 이상을 차지한다. 그 어둠 속에서 잔잔히 나를 비춰주는 무언가가 있다는 사실만으로도, 우리는 다시 숨을 고를 수 있다.

달빛은 밤을 밝히지 않는다. 그저 어둠을 받아들이게 해줄 뿐이다. 내 마음의 어둠도 그렇다. 그것을 없애기보다, 조용히 함께 있어 주는 것이야말로 진짜 위로다. 스스로에게 그런 존재가 될 수 있다면, 삶은 덜 외로워진다.

당신이 오늘 고요한 달빛처럼 자신의 마음을 비춰본 그 시간이, 내면을 깊게 회복시키고 있었습니다.

막 구운 빵처럼, 삶은 다시 향기로울 수 있다

어느 카페 앞을 지나가다 문득 멈춰 선 적이 있다. 익숙한, 그러나 한참 잊고 지냈던 냄새. 막 구운 빵의 고소하고 따뜻한 향. 그 향기는 별다른 말 없이도 마음을 풀어주고, 순간 삶이 덜 복잡하게 느껴졌다. 회복은 늘 그렇게 조용하게 시작된다.

자기 돌봄은 감각을 기억해 주는 일이다. 맛, 냄새, 촉감, 온기. 머리로 생각하기 전에 몸이 먼저 느끼는 위로. 빵 냄새처럼 나를 편안하게 만드는 순간들을 잊지 않는 사람은 자신을 따뜻하게 돌보는 법을 알고 있는 사람이다.

내면 성찰은 어쩌면 너무 어려운 단어일지 모른다. 하지만 "왜 이 향기가 좋았을까?", "왜 이 냄새에 마음이 놓였을까?"라는 물음을 던지는 순간, 우리는 나를 들여다보고 있다. 사소한 감정 하나가 나의 결을 보여준다.

삶이 자꾸만 거칠게 느껴질 때, 우리는 따뜻한 것들을 더 많이 곁에 두어야 한다. 빵 한 조각을 고르며 음미하는 냄새처럼, 사람의 마음도 익어가며 퍼진다. 그 온기를 스스로에게 허락하는 순간, 우리는 다시 살기 시작한다.

작은 기쁨은 늘 무심하게 찾아온다. 커피 한 모금, 부드러운 이불, 막 구운 식빵의 냄새. 특별하지 않지만, 사라지면 허전한 것들. 그런 기쁨들을 알아채는 감각이, 삶을 더 오래 살아내게 한다.

회복은 거창한 성과가 아니다. 단지 "오늘은 조금 나아졌어."라고 말할 수 있는 정도. 그런 말이 나올 수 있는 하루를 만든 건, 아마도 그런 작고 따뜻한 순간들이었을 것이다.

우리는 그런 순간들을 자주 놓치고 산다. 하지만 놓쳤다고 해서 사라진 건 아니다. 그 순간들은 늘 곁에 있고, 나를 기다린다. 익숙한 냄새처럼, 다시 돌아올 준비가 되어 있다.

당신이 오늘 그 따뜻한 냄새 앞에서 멈춰준 그 마음이, 삶을 다시 조용히 데우고 있었습니다.

넘어졌다면, 다시 의자를 당겨 앉으면 됩니다

《위플래쉬》에서 앤드류는 끝없는 압박과 고통 속에서 연주한다. 번아웃과 상처를 겪으며 무너지는 순간조차도, 그는 다시 연습실로 돌아간다. 그리고 마지막 무대에서 묻는다. "이건 나의 선택이었는가?" 그 질문에 대한 대답은, 다시 드럼 스틱을 잡은 손끝에 있었다.

실패는 누구에게나 찾아온다. 중요한 건 그것이 끝이 되느냐, 시작이 되느냐다. 넘어졌을 때 다시 자리로 돌아올 수 있는 사람, 그 자리에 자신을 다시 앉힐 수 있는 사람이 결국 성장의 주인공이 된다.

용기란 화려한 선택이 아니라, 포기하고 싶은 자리에서 끝까지 버티는 마음이다. 누군가의 기대를 넘어서는 것이 아니라, 스스로의 기준을 다시 붙잡는 것. 그 고통스러운 훈련 끝에 남는 것은 결국, 나를 향한 자신감이다.

자신감은 내가 나를 다시 믿어주는 데서 시작된다. 흔들렸던 시간, 무너졌던 감정, 실패했던 자리 모두를 품은 채로도 "나는 다시 할 수 있어."

라고 말하는 것. 그 다짐 하나가 회복의 근육을 키운다.

회복은 멀리 있는 목표가 아니다. 어제 놓쳤던 리듬을 오늘 다시 잡아보려는 시도, 망친 무대 위에서 다시 올라가보려는 결심. 그런 순간들이 나를 다시 연주하게 한다. 완벽하지 않아도, 다시 해보는 사람이 결국 이어간다.

≪위플래쉬≫는 말한다. 연습은 고통이지만, 고통은 나를 완성시킨다고. 무대에서 손에 피가 맺히더라도, 그 자리에 다시 서는 것만으로도 우리는 이전보다 강해져 있다. 실패의 기록은 곧 성장의 자취다.

누구나 무대 밖으로 내려오고 싶은 순간이 있다. 하지만 다시 의자를 당겨 앉는 사람만이 자기만의 소리를 낼 수 있다. 그리고 그 소리는, 세상의 어떤 칭찬보다 묵직하게 나를 증명해준다.

당신이 다시 무대에 오르기로 결심한 그 순간이, 삶의 리듬을 되찾아주고 있었습니다.

우정은 약속처럼 마음을 묶어준다

삶이 무너질 듯 흔들릴 때, 누군가의 말 한마디가 나를 붙든다. "네가 있어서 다행이야." 이 말은 설명이 필요 없다. ≪곰돌이 푸≫ 속 피글렛과 푸처럼, 단지 옆에 있다는 이유만으로 서로를 지탱해 주는 관계. 그게 진짜 우정이고, 연대다.

친구란 무엇일까. 반드시 무언가를 해줘야 하는 존재가 아니다. 말없이 옆에 있어 주고, 내 마음을 말하지 않아도 알아주는 사람. 함께 울어줄 수 있는 사람. 우리가 살아가는 데 그런 존재 하나만 있어도 충분하다.

어려운 순간, 복잡한 설명 없이 "괜찮아"라고 말해주는 사람. 나의 불완전함을 탓하지 않고, 있는 그대로 바라봐 주는 사람. 그런 존재는 세상에서 가장 단단한 사랑이다. 그 존재만으로 우리는 덜 외롭다.

우정은 오래된 약속처럼 마음을 묶어준다. 바쁘다는 핑계로 멀어진 거리도, 어색한 침묵도 우정을 무너뜨리지 못한다. 마음이 먼저 움직이면 언제든 다시 이어지는 것, 그게 친구라는 관계의 깊이다.

연대는 거창한 행동이 아니다. 누군가가 힘들다고 말할 수 있게 만들어주는 태도, 기대도 판단도 없이 들어줄 수 있는 귀, 조용히 곁을 내어주는 자세. 그런 순간들이 모여 관계를 따뜻하게 만든다.

사랑은 꼭 연인이 아니라도 된다. 친구에게, 가족에게, 동료에게, 그리고 나에게. "너여서 다행이야."라는 말은 모두에게 필요한 위로다. 그 말을 들은 사람도, 건넨 사람도 더 나은 사람이 되어간다.

누군가에게 그런 말 한마디를 건네본 적 있는가. 그 말을 듣고 눈물이 핑 돈 적은 있는가. 그 감정이야말로 우리를 사람답게 한다. 결국 삶은 그런 관계에서 힘을 얻고, 그 관계 안에서 회복된다.

당신이 누군가에게 '네가 있어서 다행이야.'라고 말해준 순간, 이미 당신은 그 사람의 삶을 따뜻하게 지켜주고 있었습니다.

눈물도 나를 지키는 방법이다

"울지 마"라는 말은 종종 위로가 되지 않는다. 눈물이 난다는 건 그만큼 마음이 무겁고 힘들었다는 뜻이다. 억지로 참는다고 감정이 사라지진 않는다. 오히려 눌러 담은 마음은 나도 모르게 나를 아프게 만든다.

심리학에서는 감정을 흘려보내는 것을 '건강한 해소'라고 부른다. 눈물은 단순히 슬픔의 표현이 아니다. 외로움, 억울함, 분노, 고마움까지도 눈물이 된다. 울고 나면 마음이 조금은 가벼워지는 이유다.

누군가는 운다는 것을 약하다고 생각한다. 하지만 감정을 느끼고 표현할 수 있다는 건 강한 마음의 증거다. 눈물을 흘릴 수 있는 사람은 자기 감정에 솔직한 사람이다. 그런 솔직함이 사람을 점점 더 단단하게 만든다.

눈물은 말보다 많은 걸 전한다. 설명할 수 없는 상처, 위로받고 싶은 마음, 말끝마다 삼켜둔 진심. 그런 감정들이 눈물로 녹아 흐른다. 그래서 누군가 울고 있을 때는 조용히 곁에 있는 것이 가장 큰 위로.

마음이 아플 땐 울어도 괜찮다. 혼자일 때도, 누군가 앞에서도. 눈물은 감정을 쏟아내는 일이 아니라, 감정을 받아들이는 일이다. 울 수 있다는 건 내 마음을 내가 돌보고 있다는 증거다.

눈물은 회복의 시작이다. 감정은 흘러야 균형을 되찾는다. 꾹 참는 것보다, 흘리고 나서야 비로소 다시 살아갈 힘이 생긴다. 웃기 전에 울 수 있어야 우리는 진짜 회복될 수 있다.

나는 내 눈물을 부끄러워하지 않는다. 그건 약함이 아니라 나를 돌보는 방식이다. 상처받은 마음을 내가 다독여주는 시간. 눈물은 자기 돌봄의 가장 조용하고 깊은 표현이다.

울어도 괜찮습니다, 그 눈물은 당신 마음이 당신을 안아주는 방식입니다.

다른 누구도 아닌, 나를 위해

살면서 우리는 너무 자주 남의 기대 속에 살아간다. 누군가를 만족시키기 위한 말과 행동, 억지로 맞춘 미소 속에서 내 감정은 점점 사라진다. ≪온전한 나로 살기로 했다≫는 묻는다. "당신 삶의 주인은 누구인가요?" 그 질문이 마음을 멈추게 한다.

자존감은 외부에서 채워지는 것이 아니다. 내가 나를 얼마나 소중히 여기는지, 내가 나의 마음을 얼마나 존중하는지에서 비롯된다. 남을 위하기 전에 나를 먼저 챙기는 것, 그것이 결코 이기심이 아님을 우리는 더 자주 기억해야 한다.

회복은 나를 다시 삶의 중심에 두는 일이다. "괜찮다"라고 말하지 않아도 되는 공간, 피곤하다는 감정을 숨기지 않아도 되는 하루, 그런 시간들이 모여 나를 다시 일으킨다. 나를 위해 사는 삶이야말로 가장 건강한 삶이다.

자기 돌봄은 "나 하나쯤 괜찮겠지."라는 마음을 멈추는 데서 시작된다.

내 감정, 내 피로, 내 마음의 온도를 스스로 살피는 시간. 그 조용한 배려가 쌓일수록, 나는 나에게 점점 안전한 사람이 되어간다.

내면 성찰은 거창한 결심보다 작은 배려에서 시작된다. 더 이상 나를 잊지 않겠다는 다짐, 더는 나를 뒤로 밀어두지 않겠다는 선택. 그 태도가 쌓여 나를 존중하는 삶을 만든다. 나를 잊지 않는 것이 곧 나를 사랑하는 방식이다.

사람은 누구나 타인의 시선을 신경 쓴다. 하지만 모든 삶은 결국 자신을 스스로 돌보는 힘으로 버텨낸다. 타인의 인정이 아닌, 나의 이해와 수용이 삶의 방향을 결정짓는다. 지금부터라도 삶의 중심에 나를 다시 세워야 한다.

스스로에게 "괜찮아?"라고 묻는 사람이 되자. "오늘은 나를 위해 살아볼게."라고 말하는 사람이 되자. 그 다정함이 나를 살리고, 그 다짐이 나를 다시 움직이게 한다.

당신이 오늘 다른 누구도 아닌, 자신을 위해 살아낸 그 하루가, 진짜 회복을 시작하고 있었습니다.

다시 시작하는 건, 아직 살아 있다는 증거다

영화 《인턴》의 벤은 은퇴 후의 삶에 머무르지 않는다. 오히려 젊은 CEO 밑에서 다시 일하며, 나이와 경험의 경계를 넘는다. 영화는 묻는다. "정말 끝이라고 말할 수 있는 순간이 존재하는가?" 삶은 계속해서 자신을 다시 써 내려갈 수 있는 이야기다.

실패나 퇴직은 종착점이 아니다. 오히려 다시 걸음을 떼는 출발선일 수 있다. 한 번 꺾인 경로가 더 나은 방향으로 이어질 수 있다는 믿음, 그 믿음이 성장의 바탕이 된다. 넘어졌던 그 자리에 다시 서는 것, 그게 진짜 용기다.

용기는 무언가를 시작하는 데서 오는 게 아니다. 멈췄던 걸음을 다시 떼는 데서 온다. 실패를 지나온 사람만이 아는 속도와 감각이 있다. 다시 시작하는 사람은, 이미 한 번 무너져봤기에 더 단단하다.

자신감은 완벽한 이력에서 오는 것이 아니다. 오히려 고꾸라진 경험을 품고도 다시 나아가는 사람에게 깃든다. "나는 여전히 가치 있는 사람이다."라는 감각은, 남이 아닌 나 스스로의 판단에서 비롯된다.

희망은 바닥에 있을 때 더 선명해진다. 빛이 보이지 않던 날을 지나온 사람만이 작은 빛에도 눈물짓는다. 삶은 다시 시작될 수 있고, 시작하려는 사람에게만 문을 연다. 벤은 그 문을 다시 연 사람이다.

≪인턴≫은 전한다. 세대와 나이, 과거의 실패는 모두 다시 쓰일 수 있다고. 중요한 건 "내가 지금 어떤 마음으로 이 자리에 서 있는가?"이다. 삶은 언제든 다시 시작할 수 있다는 단순한 진실을 잊지 말자.

두려워도 괜찮다. 주변보다 느려도 괜찮다. 중요한 건 지금도 내 마음속에 "한 번 더 해보자"라는 마음이 살아 있다는 사실. 그 감정이 살아 있는 한, 우리는 아직 살아 있는 것이다.

당신이 다시 시작하기로 한 그 마음이, 오늘의 삶을 조용히 다시 움직이고 있었습니다.

말하지 않아도 전해지는 마음이 있다

사람 사이엔 말보다 깊게 전해지는 감정이 있다. 마음이 무너질 때, 복잡한 위로보다 그냥 옆에 있어 주는 사람이 고맙다. 아무 말 없이 건네는 커피 한 잔, 말없이 걸어주는 걸음. 그게 진짜 위로다.

영화 ≪빅 히어로≫에서 베이맥스는 이렇게 말한다. "I am satisfied with my care." 간단한 한마디지만, 그 속엔 다정함과 책임감이 함께 담겨 있다. 누군가를 향한 마음은 말이 없어도 충분히 전달된다.

우정이란 많은 것을 요구하지 않는다. 그냥 곁에 머무는 것, 상대가 편안할 수 있도록 존재해 주는 것. 우리가 기대는 건 거창한 조언이 아니라, 조용히 나를 알아주는 시선이다.

삶이 힘들 때 꼭 해결책이 필요한 건 아니다. 오히려 말없이 옆에 있어 주는 사람 하나면 충분하다. "그저 곁에 있어 줄게."라는 다짐이 가장 큰 위로가 되기도 한다. 관계는 침묵 속에서 더 깊어지기도 한다.

나도 그런 사람이 되고 싶다. 말보다 마음이 먼저 전해지는 사람. 상대가 무너지기 전에 조용히 다가가 손을 잡아주는 사람. 진심은 설명 없이도 닿는다.

관계가 오래갈수록 말이 줄기도 한다. 하지만 그 침묵은 거리감이 아니라 신뢰다. 말하지 않아도 서로의 마음을 아는 것, 그게 진짜 관계의 깊이다.

나는 오늘도 말없이 누군가 곁에 머물러 있다. 그 사람이 말을 꺼낼 때까지 기다릴 준비가 되어 있다. 그런 나의 태도 안에, 가장 다정한 말이 들어 있다고 믿는다.

말하지 않아도 되는 사이, 설명하지 않아도 괜찮은 마음. 그게 우리가 서로에게 건네는 가장 따뜻한 위로다.

당신의 조용한 곁은 누군가에겐 가장 큰 다정함이 됩니다.

내 마음에 선을 긋는 연습

사람들과 잘 지내고 싶은 마음은 자연스럽다. 나쁘게 보이고 싶지 않아서 감정을 자주 숨긴다. 그러다 보면 내 마음은 점점 흐려진다. 남을 배려한 만큼, 나는 자꾸만 자리를 잃어간다.

브래네 브라운은 말했다. "경계는 분노가 아니라 명확함에서 시작된다." 참는 것이 다정함은 아니라는 걸, 그 말이 일깨워주었다. 경계를 세우는 일이야말로 진짜 친절이다. 나를 먼저 지킬 수 있을 때, 비로소 다정해질 수 있다.

경계는 거리를 두기 위한 것이 아니라, 관계를 지키기 위한 것이다. 감정의 선이 분명할수록 상처는 덜해진다. 나의 마음을 먼저 알아채고 표현하는 것. 그게 진짜 존중의 시작이다.

'좋은 사람'이라는 말은 듣기 좋지만 위험할 수 있다. 무조건적인 수용은 언젠가 마음의 균열을 만든다. 때로는 단호하게 거절하고, 불편한 말을 해야 할 때도 있다. 그 불편함을 감당하는 용기가 나를 건강하게 만든다.

처음엔 선을 긋는 것이 어렵다. 미안한 마음이 들고, 나만 이기적인 사람이 된 것 같다. 하지만 그 마음을 지나야 비로소 나를 돌볼 수 있다. 타인을 이해하기 위해서도 먼저 나를 이해해야 한다.

관계를 오래 이어가려면, 가끔은 멈춰 서야 한다. 지금 내가 얼마나 지쳐 있는지 돌아보는 시간이 필요하다. 이 관계가 나에게 어떤 영향을 주는지도 생각해 본다. 그렇게 나를 확인하는 일에서 진짜 친밀감이 시작된다.

감정의 경계는 거절이 아니라 방향 제시다. 내가 중요하게 여기는 것이 무엇인지 알려주는 표시다. 그 지도를 서로 나눌 수 있다면, 관계는 더 편안해진다. 분명함이 오히려 마음을 더 가깝게 만든다.

이제 나는 나의 마음에 조용히 선을 긋는다. 그 선은 얇지만 분명하고, 부드럽지만 단단하다. 타인과의 거리 안에서 나를 잃지 않는 법을 배워가고 있다. 그 경계는 결국, 나를 지키는 가장 다정한 방식이 된다.

당신의 경계는 이기심이 아닙니다, 그것은 당신 자신을 지키기 위한 가장 다정한 선택입니다.

당신이 있어서 참 다행입니다

오늘의 당신을 바라보며 나는 말하고 싶다. 정말 잘 살아오셨다고, 지금의 당신이 참 자랑스럽다고. 어떤 수식도 없이, 어떤 증명도 없이. 그 존재만으로 빛나고 있다고.

당신은 수많은 날을 견뎠다. 혼자서 울기도 했고, 꾹 참고 미소를 지은 날도 많았다. 말하지 못한 상처를 품고도, 끝내 다시 걸어왔다. 그런 하루하루가 지금의 당신을 만들었다.

당신은 완벽하지 않지만, 누구보다 진실하게 살아왔다. 실수했고, 흔들렸고, 다시 일어났다. 그 과정에서 단단해졌고, 더 깊어진 사람이 되었다. 그래서 나는 당신이 자랑스럽다.

세상은 자주 속도를 재고, 결과를 요구한다. 하지만 나는 오늘, 당신의 방향을 응원하고 싶다. 남들보다 늦어도 괜찮고, 다르게 살아도 괜찮다. 당신은 당신의 길을 꿋꿋이 걸어왔다.

나는 오늘의 당신을 믿는다. 결과보다 과정을, 성과보다 용기를 기억한다. 얼마나 애썼는지, 얼마나 흔들리면서도 버텼는지 안다. 그래서 나는 망설임 없이 말할 수 있다.

당신은 이미 충분히 멋진 사람이다. 그 마음, 그 눈빛, 그 다정함 하나하나가 당신의 증명이다. 누구의 기준도 아닌, 당신만의 빛으로 살아가는 모습이 아름답다. 나는 그걸 오래 지켜봤다.

이 책을 끝내며 전하고 싶은 건 단 하나다. 당신은 지금 이대로도 충분하다. 사랑받을 자격이 있고, 응원받을 이유가 있다. 무엇보다, 당신 스스로가 자신을 자랑스럽게 여겨도 좋다.

나는 믿는다. 당신은 지금도 누군가에게 힘이 되고 있고, 앞으로 더 많은 사람의 희망이 될 것이다. 당신이 살아가는 그 모습, 나는 언제나 응원할 것이다.

당신을 응원합니다. 당신이 최고입니다. 정말 자랑스럽습니다.

에필로그

이 책의 마지막까지 함께해 주셔서 감사합니다. 당신이 이 책을 펼쳤다는 건 아마도 누군가를 조용히 응원하고 싶은 마음, 또는 누군가의 응원이 간절했던 순간을 지나온 사람이기 때문일 것입니다.

우리는 모두 누군가의 응원이 필요한 존재입니다. 때론 말없이, 때론 눈빛 하나에 위로받으며 살아갑니다. 이 책은 그런 순간들을 담고자 했습니다. 거창한 위로나 화려한 격려 대신, 곁에 조용히 머물러주는 문장들로 마음을 어루만지고 싶었습니다.

어쩌면 지금도 어떤 이는 힘겨운 마음을 숨기고, 어떤 이는 용기를 내어 하루를 버티고 있을지도 모릅니다. 그들에게 우리가 해줄 수 있는 건 정답이 아닌 다정함, 해결이 아닌 이해, 조언이 아닌 기다림일지 모릅니다. 이 책이 그 마음을 잊지 않게 하는 작은 메모가 되어 주길 바랍니다.

타인을 응원하는 글을 쓰고 읽으면서, 결국 나 자신 또한 그 안에서 치유받고 있다는 걸 느꼈습니다. "괜찮다"라는 말은 늘 누군가를 향하면서도 동시에 나 자신을 향한 말이기도 합니다. 우리가 누군가에게 보낸 응원의 문장이, 다시 우리의 삶으로 되돌아와 하루를 견디게 하는 힘이 되기를 바랍니다.

당신은 이미 누군가의 위로가 되었고, 이 책을 덮는 지금도 누군가의 곁을 지키고 있는 사람입니다. 그러니 스스로에게도 그 다정함을 잊지 말아 주세요. 당신의 존재는 생각보다 더 많은 이에게 빛이 됩니다.

이제 이 문장이 당신 마음속에도 조용히 머물기를 바랍니다.

"당신을 응원합니다. 당신이 최고입니다. 자랑스럽습니다."
이 책의 모든 글은 이 문장을 향해 걸어갔습니다.
그리고 지금, 당신 마음속에서도
그 말이 조용히 머물기를 바랍니다.

고맙습니다.

서승종

세상에서 가장 소중한 당신에게 보내는 따뜻한 응원

당신을 응원합니다 당신이 최고입니다 자랑스럽습니다

발행일 2025년 04월 20일

지은이 서승종

발행처 인디펍

발행인 민승원

출판등록 2019년 01월 28일 제2019-8호

전자우편 cs@indiepub.kr

대표전화 +82-70-8848-8004

팩스 +82-303-3444-7982

정가 16,000원

© 서승종

ISBN 979-11-6756-696-6 (03810)